나와 잘 지내고 있나요?

나와 잘 지내고 있나요?

나를 위한 삶의 질문들

최진주 글 인재현·인신영 그림

arte

THIS BOOK BELONGS TO _____

이 책은 당신의 나다움과 아름다움으로 완성하는
세상에 단 한 권뿐인 책입니다.

추천의 글

◦ ◦ ◦

우리는 의식적이든 무의식적이든 스스로에게 질문을 던지고 답을 하며 나만의 인생 여정을 만들어나가고 있습니다. 내 삶의 질은 자기 자신에게 던지는 질문에 따라 달라진다고 할 수 있지요. 스스로에게 질문이 없다는 것은 의미 없이 반복되는 삶을 살고 있다는 증거이기도 합니다.

《나와 잘 지내고 있나요?》는 우리의 일상을 돌아보게 만드는 특별한 질문과 그림을 선물합니다. 잔잔하게 다가오는 질문과 그림에 답을 하다 보면 가보지 못했던 또 다른 나의 세상에 도달하고 삶이 충만하게 다가옴을 느끼게 될 것입니다.

—박정영(CiT코칭연구소 대표, 국제코칭연맹 마스터코치)

◦ ◦ ◦

말 그대로 '살아 있는' 책입니다. 따뜻한 말을 건네는 작가의 마음이 '살아 있고', 그 마음이 그대로 담긴 작가들의 아름다운 그림이 '살아 있습니다'. 이뿐만 아니라 삶을 노래한 현인들의 철학적 사유와 통찰이 그대로 '살아 있지요.' 두고두고 보고 또 보게 될 귀한 책입니다.

이 책을 펼치고 머무는 동안, 당신의 마음에 새로운 창들이 열리고 그 창을 통해 신선한 바람이 들어올 것입니다. 그 바람 위에 작가가 던진 질문의 양탄자를 타고 당신의 인생으로 멋지게 비상하길 바랍니다.

—임민정(CiT코칭연구소 부사장)

우리 삶에서 가장 선행되어야 할 공부는 바로 '나'를 깊게 들여다보는 공부, 그중에서도 '나의 꿈'을 위한 생생하고 절절한 공부일 것이다. '나는 누구인지' '어떤 삶을 살아야 할지'와 같은 존재와 삶에 대한 근원적인 질문이 올라올 때마다 이 책을 펼치며 마음의 소리에 귀 기울여보자. 라이프코치인 저자가 건네는 감각적인 문장과 질문, 자연에서 영감을 받은 아름다운 일러스트가 당신의 삶을 보다 나답고 아름답게 가꿔줄 것이다.

—김미경(MKYU 대표)

오래오래 곁에 두고 곱씹을 수 있는 질문들,
따뜻한 마음을 꾹꾹 눌러 담은 문장들과 그림들.
한 질문 또 한 질문,
한 걸음 또 한 걸음 천천히 다가서기를.
조심스럽게 그리고 정성스럽게
당신의 모든 여정을 응원합니다.

—안희연(EXID 하니)

In this universe
we are given two gifts;
The ability to love and
the ability to ask question.

———————

이 우주가 우리에게 준 두 가지 선물은
사랑하는 힘과 질문하는 능력이다.

– 메리 올리버Mary Oliver, 미국 시인

프롤로그 I
'나 자신'과 잘 지내고 싶은 이들에게 건네는 마음

당신은 자기 자신과 사이좋게 지내고 있나요? 스스로에게 어떤 질문을 건네고 있나요?

분주한 일상, 점점 무거워지는 사회적 역할과 의무, 관계에서 오는 피로감 속에서 살아가다 보면 '이것이 정말 내가 원했던 것일까? 더 나다운 모습은 무엇일까? 내가 이루고 싶은 것은 무엇인가?'와 같은 거대한 질문들과 만나게 되는 순간이 있습니다. 우리 삶에 중요한 전환점이 되는 장면이지요. 왜냐하면, 타인의 기대에 부응하느라 미처 돌보지 못했던 나의 감정을 들여다보는 일, 삶의 본질적 질문에 대한 답을 길어 올리는 일, 안개처럼 희미해져가는 꿈을 다시 선명하게 만드는 일들을 통해 우리는 더욱 나다워질 수 있기 때문입니다.

문장 테라피

저 역시 정답 없는 질문에 고민하고 흔들렸던 무수히 많은 날이 있었습니다. 폭풍 같은 질문이 저에게 휘몰아치곤 했습니다. 스스로에 대한 기대와 사회적 역할에서 오는 책임 사이에서 불편한 감정이 올라오곤

했습니다. 현실과 이상의 괴리를 마주하고, 삶에 대한 갈급함이 차오를 때마다 제가 할 수 있는 일은 오직 '읽고 쓰는 일'이었습니다. 때로는 도끼처럼 거세게, 때로는 눈송이처럼 사뿐하게 마음에 내려앉은 책 속의 문장과 격언을 수집하고 노트에 기록하곤 했습니다. 생각과 감정을 노트에 기록하는 일은 마음을 다독이는 치유제이자 든든한 응원군이었습니다. 책은 저의 마음을 비춰주는 거울이 되었고, 다른 시공간으로 훅 빨려 들어가는 커다란 '변화의 문'이 되어주었습니다. 자유롭게 상상하고 발견을 도와주는 작지만 커다란 문.

　이름만 들어도 경외감이 드는 르 코르뷔지에, 피에르오귀스트 르누아르와 같은 예술가와 우리 시대의 지성인 이어령, 자신의 개성과 주체성을 삶과 글에 녹여낸 헤르만 헤세, 버지니아 울프, 제인 오스틴, 메리 올리버, 작가 정여울, 사람의 마음을 심도 깊게 연구한 정혜신 박사와 칼 로저스, 카를 구스타프 융과 같은 저명한 심리학자까지. 그들의 사유와 삶이 압축된 아포리즘*은 거대한 산처럼 느껴졌던 고민에 함몰되지 않도록 도와주곤 했습니다.

　데카르트는 "좋은 책을 읽는다는 것은, 몇백 년 전에 살았던 가장 훌륭한 사람과 대화하는 것"이라고 했습니다. 마음이 흔들릴 때는, 이 말을 떠올리며 책을 읽고 문장을 수집하며 마음을 다잡곤 합니다. 노트

---

*　아포리즘(aphorism): 깊은 체험적 진리를 간결하고 압축된 형식으로 나타낸 짧은 글, 격언, 잠언 등을 가리킨다. 아포리즘은 단순히 눈으로 읽는 게 아니라 마음으로 기억되어야 하기 때문에 천천히 음미해가면서 읽어야 한다. 아포리즘은 사물과 직접적으로 관계하지 않고, 우리가 잘 알고 있다고 생각하는 사물을 낯설게 제시한다.

와 책상 앞에 붙여 놓은 문장은, 마치 부적처럼 저를 지켜주는 듯하지요.

저는 이 경험과 마음을 담아 심리학 북클럽을 열었고, 멤버들에게 문장과 질문이 담긴 레터를 보내곤 했습니다. 현재는 인스타그램에 "#다정한문장수집"이란 해시태그로 문장과 질문을 담아 나누고 있습니다. 차곡차곡 쌓인 문장이 어느덧 400여 개가 넘어 한 권의 책으로 세상에 나오게 되었습니다. 저에게 위안을 준 문장이 당신에게도 닿기를 바랍니다.

질문 테라피

당신은 스스로에게 약속한 삶이 있나요?

인생의 목적은 사랑받는 사람이 되는 것이 아니라 자기 자신이 되는 것. 삶은 나의 사랑으로 채워야 하는 것임. 주변의 기대와 역할에 맞추어 사는 수동적인 삶에서, 내가 나다워지는 능동적인 삶을 살아가는 것임을 잊지 말기를….

5년 전 다이어리에 적어둔 문장을 최근에 다시 읽고 제 마음과 눈이 한참을 그곳에 머물렀습니다.

그리고 그때의 불안했던 저를 떠올리며 마음으로 꼭 안아주었습니다. 너는 이제 너답게 자라나고 있다고, 주체적인 삶을 위해 노력하고 있다고 말해주면서 말이지요.

여러분은 과거의 나에게 어떤 말을 해주고 싶나요? 그리고 지금의 나에겐 어떤 질문을 하고 싶나요? 미처 답하지 못하는 질문을 마주할 때 저는 제 '인생 문장'인 메리 올리버의 "이 우주가 우리에게 준 두 가지 선물은 사랑하는 힘과 질문하는 능력이다"를 떠올립니다. 애정을 갖고 스스로에게 질문을 하다 보면 어느 날 해답을 얻고, 보다 지혜로운 삶을 살아가리라 믿기 때문입니다.

이 책을 읽으실 독자분들에게도 그 마음이 닿길 바라며 매 페이지마다 레터와 함께 질문을 실었습니다. 저의 답이 아닌 당신의 답을 적는 공간입니다. 어떤 질문은 반갑고 술술 써내려갈 수 있겠지만, 어떤 질문은 낯설고 어려울 수도 있습니다. 모든 질문에 답해야 한다는 부담보다 그 질문이 나에게 다가온 의미를 생각하며 당신만의 해답을 차근히 기록해보세요. 책에 쓰인 나의 감정과 생각이 모여 '나라는 세계'를 만들어줄 테니까요.

이 책은 저와 당신이 함께 완성하는 책입니다. 책의 여백을 당신의 언어로 채워보세요.

나다운 삶을 위한 L.I.F.E

저는 개인에게는 나다운 삶, 기업에게는 정체성에 맞는 일을 디자인하는 전문 코치이기도 합니다. 삶이라는 거대한 단어를 몇 마디 단어로 농축하긴 쉽지 않지만, 제가 생각하는 중요한 가치와 관점을 담아 Linkage, Identity, Future, Emotion의 앞 글자를 딴 L.I.F.E를 주제로 책을 구성했습니다.

Linkage(연결): 우리라는 연결고리
Identity(정체성): 나라는 세계
Future(미래): 나를 나아가게 하는 힘
Emotion(감정): 마음의 주인이 되어

우리는 서로 연결되는 삶 속에서 개인의 고유함을 빛내며 미래로 나아가야 합니다. 그러기 위해서는 마음의 주인이 되어, 내면의 뿌리를 건강히 만들고 자기 신뢰를 회복해야 하지요. 책 속 현인들의 문장에서 길어 올린 지혜를 음미하고, 진심이 담긴 질문에 차근히 답하며 당신 삶의 예술가로 피어나기를 바랍니다. 당신만의 개성이 책 곳곳에 담겨 이 책이 오랫동안 곁에 두고 싶은 벗이 되기를 바랍니다.

이 책과 함께하는 시간만큼은 검색보다 '사색'을 해보세요. 소유한 것보다 '사유'한 것에 집중해주세요. 조금 더 공들여 스스로를 들여다보세요. 진정한 나다움을 발견하는 근사한 시작이 될 테니까요. 소설가 앙드레 지드는 "가장 작은 소품이라고 해도 그 안에 아름다움의 모든 문제를 풀 수 있는 열쇠를 지니고 있다"라고 말했습니다. 이 책이 오롯이 당신만을 위한, 당신이 완성해갈 세상에서 하나뿐인 당신만의 책이자 아름다운 삶으로 향하는 열쇠이길 바라며 이 책을 썼습니다.

아울러, 이 책이 나오기까지 함께 마음을 담아주신 아르테 김영곤 사장님, 신승철 이사님과 이종배 편집자님, 마이 피츠로이의 재현 님과 신영 님께 감사드립니다. 아울러 언제나 조건 없는 사랑을 전해주는 가

족들, 특히 존재 자체로 소중한 삶의 선물 정원과 승원, 제 삶을 귀한 빛
으로 가득 채워주는 다정한 지인 모두에게 깊은 감사를 전합니다.

2023년 5월, 장미가 만개한 어느 날
라이프코치 최진주

프롤로그 Ⅱ
인생의 정원사 그대에게

우리의 20대를 반짝반짝 빛나게 만들어준 그곳, 떠올리기만 해도 설레는 우리의 꿈과 열정이 머무는 호주 멜버른의 피츠로이 가든^{Fitzroy} ^{Garden}.

그곳은 우리 자매가 두 아이의 엄마로 살면서 잠시 접어두었던 꿈을 다시 피어나게 해주었습니다. 20대의 유학 생활 이후 10년 만에 함께 다시 찾은 그곳에서 20대와 30대의 우리가 마주하며 서로를 위로하고 다시 시작할 수 있는 용기를 건네주었습니다.

평온함 속에 숨겨진 피츠로이 가든의 푸른 하늘과 바람, 풀 내음, 곳곳에 피어 있는 들꽃들, 생기 가득한 색감이 담긴 아름다운 자연은 저희의 마음을 다양한 영감과 에너지로 한껏 채워주었습니다.

여행에서 돌아와 새로운 영감을 불어넣어준 피츠로이 가든을 기억하고 그때 느꼈던 감성을 담아보고자 'My Fitzroy'라는 브랜드를 만들었고, 그곳에서의 기억과 감정을 화폭에 옮기며 우리의 숨겨진 열정이 다시금 되살아났습니다.

좋은 기회로 참여하게 된 이번 작업이 저희에게는 다시 한 번 내면을 깊이 성찰하고 진정한 나 자신을 돌아보게 된 의미 있고 소중한 시간들이었습니다.

늘 마음속에 간직하고 있는 그때의 영감과 감성 그리고 매 순간 느꼈던 저희의 감정에 창조적 긴장감을 더해 정성스럽게 하나하나의 그림에 담았습니다.

정신없이 살아오며 예전의 반짝임은 잠시 잊고 지냈지만, 여전히 바다에 부서지는 햇살처럼 눈부신 삶을 만들어가고 싶습니다. 지금도 하루하루 주어진 자신의 삶을 채색하며 꿈을 가꾸어나가는 당신에게 저희의 그림이 따뜻한 위로와 용기가 되길 소망합니다.

우리는 저마다 삶의 정원사입니다. 마지막 책장을 덮으며 당신의 마음에 씨를 뿌려 자신만의 아름다운 꽃을 피우고 따뜻한 봄이 당신의 마음속에 담기길 바랍니다.

마지막으로, 저희에게 함께할 수 있는 기회를 선물해주신 아르테 김영곤 사장님, 신승철 이사님, 편집자 이종배 님, 진주 님 그리고 늘 아낌없이 응원해주는 사랑하는 가족과 선우, 아진, 하준, 민준에게 깊은 사랑과 감사의 마음을 전하며.

2023년 5월
My fitzroy 아티스트 인재현, 인신영

How to Use 이렇게 사용해보세요

1. 마음에 드는 구절과 그림을 음미하고 차근히 기록해보세요.

책을 순서대로 읽거나 반드시 답을 하지 않아도 괜찮습니다. 마음이 움직이는 부분에 머물며 감각과 감정을 느껴보세요. 좋아하는 문장은 필사를 하거나, 와닿는 질문에 기억이 휘발되지 않도록 기록을 남겨보세요. 매일 한 페이지씩 읽어보고 답해도 좋겠지요.

2. 질문에 대한 답은 시간이 걸려도 괜찮아요.

어떤 질문은 바로 답이 나오지 않을지도 몰라요. 차분하게 시간을 두고 답해보세요. 한 번도 나에게 묻지 않았던 질문을 생각해보는 것만으로도 충분히 의미가 있으니까요.

3. 영감을 주는 문장, 그림과 질문이 있다면 친구와 나눠보세요.

소중한 친구에게 이 책을 선물해보세요. 아름다운 페이지는 사진을 찍어 SNS에 올리거나 친구에게 공유해도 좋을 겁니다. 좋은 것은 함께 나눌수록 선명해지고, 행복해지는 법이니까요.

4. 당신이 원하는 곳에 오브제처럼 놓아보세요.

의미 있는 문장과 아름다운 그림이 담긴 이 책이 당신의 마음과 일상을 투명하게 정화해줄 거예요. 잘 정돈된 공간에 놓인, 당신만을 위한 책이 그 어떤 오브제보다 당신의 삶을 지켜주길 바랍니다.

How to Use   이렇게 사용해보세요

Inspirational Sentence / Quotes
영감을 주는 문장과 격언을 담았습니다.

Letter
질문에 답하기 전, 당신의 생각을 일깨울
다정한 편지를 먼저 읽어보세요.

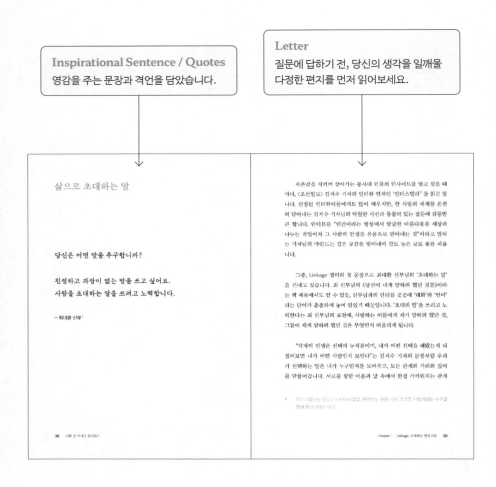

Question

작가가 선물하는 질문에, 나만의 해답을
기록하는 공간입니다.

가 생겨나기도 하고, 마음을 영영 돌아오지 못하게 만드는 관계가 되기
도 합니다. 말은 이렇게 강력한 힘을 가지고 있기에, 초대의 말을 선택한
인터뷰이와 인터뷰어의 대화가 유독 따뜻한 치유제처럼 느껴지는 것 아
닌가요?

당신의 말은 어떠한가요? 누군가를 초대하는 말인가요? 당신의 말
에는 어떤 마음이 담겨 있는지 궁금해집니다.

1. 타인을 향한 말에는 그를 향한 마음이 스며들어 있습니다. 당신은 타인에게 어떤
말을 쓰려고 노력하나요? 당신이 쓰려고 노력하는 말에 이름을 붙여본다면, 어떻
게 표현할 수 있을까요? 평소 자주 사용하는 언어 습관을 곰곰이 생각해보고, 적
어보세요.

   • 나는 _____ 와(하는) 말을 쓰려고 노력합니다.
   • 그 말에는 _____ 와(라는) 마음이 담
     겨 있습니다.

   예시)
   • 나는 존중의 말을 쓰려 노력합니다.
   • 그 말에는 상대의 이야기를 귀 기울여 듣고, 동의하지 않는 이야기에도 공감하려는
     마음이 담겨 있습니다.

2. 나와 가장 많은 대화를 나누는 이들에게도 물어보세요. 당신의 말을 들으면 어떤
   느낌이 드는지, 당신의 말은 부엌과 닮았는지 달이지요. 그들의 내답을 이곳에 적
   어보세요.

3. 그들의 내답을 들으며 무엇을 새롭게 발견하셨나요?

Contents

2 Identity   **나라는 세계**

당신의 아름다운 삶을 만날 준비가 되셨나요?

내면에서 피어나는 목소리에
오롯이 귀 기울이며,
당신만의 이야기를 써보세요.

CHAPTER 1

Linkage

Identity

Future

Emotion

Linkage

우리라는 연결고리

코로나19 팬데믹으로 지쳐 있던 어느 날, 이탈리아 남부 지방에서 독특한 방법으로 '코로나 블루'를 이겨냈다던 소식이 기억납니다. 문밖을 나갈 수 없던 사람들이 창문에 나와 노래를 부르고 악기를 연주하며 힘든 상황에서도 낭만과 웃음, 행복의 기운을 전염시키던 모습. 그 따스한 연결감과 온기가 감동적이었습니다. '어떤 상황에도 우리는 아주 긴밀하게 단단하게 연결되어 살아가고 있구나' '함께한다는 것은 척박한 상황에서도 노래를 부를 수 있는 힘을 주는구나'라는 생각이 들었습니다. 진심과 긍정에서 울려 퍼지는 청아한 선율이 아름다운 공동체를 만드는 것을 목격할 수 있었습니다.

집은 사람의 삶과 삶을 살아가는 방식, 사유가 담긴 공간이며 창은 상대와 세계로 이어지는 연결고리가 되어줍니다. 사유와 마음이 모여 건강한 연대를 이뤄가도록 도움을 주지요. 첫 번째 챕터인 'Linkage'에는 집과 집, 문과 문의 마주침, 그러면서도 각자의 고유함을 존중하는 조화로운 공동체의 의미를 글과 그림으로 담았습니다. 이 문을 열면 어떤 풍경이 우릴 맞이할까요? 우리라는 연결고리, Linkage의 문으로 여러분을 다정히 초대합니다. 마음의 창문을 활짝 열어보세요.

Linkage: 우리라는 연결고리

우리의 삶은 무수한 '연결'로 이루어져 있습니다. 먼저 나 자신과 연결되어 있고, 그 연결은 타인과 세상으로까지 확장되어 긴밀한 연결감을 지니게 됩니다. 현대적 맥락에서는 소셜 미디어를 통해 전 세계의 사람들과 그물망처럼 촘촘히 얽혀 있지요. 과거와 현재, 지식과 지혜를 잇는 무수한 연결고리들이 씨실과 날실처럼 엮여 있습니다.

그중 타인과의 관계가 삶의 중요하고도 어려운 연결고리임은 분명합니다. 어떤 관계는 우리를 다독이며 일어서게 만들고, 어떤 관계는 한없이 무너지게 만드니까요. 심리학자 알프레드 아들러는 "인간의 고민은 전부 인간관계에서 오는 고민이다"라고 할 정도로 '관계'는 많은 분들의 이슈이기도 합니다. 그러나 이는 역설적으로 '행복의 원천'이기도 합니다. 관계 속에서 우리는 진정한 나를 발견하게 되고 타인과의 연결감 속에 삶의 의미와 즐거움이 깊어지기 때문입니다.

당신은 타인과 어떻게 연결되어 있나요? 당신이 생각하는 건강한 관계는 어떤 것인가요?

팬데믹을 겪는 동안, 사람들은 서로 물리적 거리를 두게 되면서 자연스럽게 관계를 재정비하고 돌아볼 수 있는 계기를 가졌습니다. 진정으로 함께하고 싶은 사람은 누구인지, 그동안 소모적으로 맺어온 관계는 없었는지, 스스로가 맺고 있는 관계의 본질을 되돌아볼 기회이기도 했습니다.

관계를 맺는 방식은 그 사람의 삶의 방식과 닮아 있습니다. 내가 살고 싶은 삶, 이루고 싶은 삶을 보여주는 프레임처럼 말이지요. 내가 자주 어울리는 사람, 대화를 깊게 나누는 상대, 만나고 싶은 사람은 내가 어떤 사람인지를 보여주는 '거울'이랍니다.

'Linkage: 우리라는 연결고리'에서는 타인과의 의미 있는 연결을 위한 태도, 공동체 감각, 대화의 지혜를 나누고자 합니다. 관계 속에서 역동하는 마음을 돌아보고, 건강한 관계를 정의할 수 있는 문장과 질문으로 구성했습니다. 보다 진실한 대화로 당신과 소중한 이들이 이어지고, 영감과 지혜를 주고받는 다정한 연결자linker가 될 수 있기를 바랍니다.

There is no charm
equal to tenderness of heart.

———————

다정한 마음만큼 매력적인 것은 없다.

— 제인 오스틴, 영국 소설가

사랑은 존재의 문제에 대한 합리적이고 만족스러운,
그리고 유일한 해답이다.
에리히 프롬, 미국 심리학자

삶으로 초대하는 말

당신은 어떤 말을 추구합니까?

친절하고 과장이 없는 말을 쓰고 싶어요.
사람을 초대하는 말을 쓰려고 노력합니다.

— 최대환 신부[1]

자존감을 지키며 살아가는 동시대 인물의 인사이트를 얻고 싶을 때마다, 〈조선일보〉 김지수 기자의 인터뷰 연재인 '인터스텔라'*를 읽곤 합니다. 선정된 인터뷰이들에게도 많이 배우지만, 한 사람의 세계를 온전히 담아내는 김지수 기자님의 탁월한 시선과 통찰력 있는 질문에 감동받곤 합니다. 인터뷰를 "인간이라는 행성에서 발굴한 아름다움을 세상과 나누는 작업이자 그 사람의 인생을 온몸으로 받아내는 것"이라고 말하는 기자님의 마인드는 깊은 공감을 빚어내어 감도 높은 글로 꽃을 피웁니다.

그중, Linkage 챕터의 첫 문장으로 최대환 신부님의 '초대하는 말'을 건네고 싶습니다. 최 신부님의《당신이 내게 말하려 했던 것들》이라는 책 제목에서도 알 수 있듯, 신부님과의 인터뷰 곳곳에 '대화'와 '언어'라는 단어가 촘촘하게 놓여 있었기 때문입니다. '초대의 말'을 쓰려고 노력한다는 최 신부님의 표현은, 사랑하는 이들에게 제가 말하려 했던 것, 그들이 제게 말하려 했던 것은 무엇인지 떠올리게 됩니다.

"각자의 인생은 선택의 누적분이며, 내가 어떤 선택을 해왔는지 되짚어보면 내가 어떤 사람인지 보인다"는 김지수 기자의 문장처럼 우리가 선택하는 말은 내가 누구인지를 보여주고, 모든 관계의 거리와 깊이를 만들어갑니다. 서로를 향한 마음과 말 속에서 한결 가까워지는 관계

---

* 인터스텔라는 인(人) + stellar(별을 의미하는 형용사)의 조어로 사람이라는 우주를 향해 들어간다는 의미.

가 생겨나기도 하고, 마음을 영영 돌아오지 못하게 만드는 관계가 되기도 합니다. 말은 이렇게 강력한 힘을 가지고 있기에, 초대의 말을 선택한 인터뷰이와 인터뷰어의 대화가 유독 따뜻한 치유제처럼 느껴지는 것 아닐까요?

당신의 말은 어떠한가요? 누군가를 초대하는 말인가요? 당신의 말에는 어떤 마음이 담겨 있는지 궁금해집니다.

1. 타인에게 건네는 말에는 그를 향한 마음이 스며들어 있습니다. 당신은 타인에게 어떤 말을 쓰려고 노력하나요? 당신의 말에는 어떤 이름을 붙일 수 있을까요? 자주 사용하는 언어 패턴을 곰곰이 생각해보고 적어보세요.

   • 나는 _____ 의(하는) 말을 쓰려고 노력합니다.

   • 그 말에는 _____ 의(하려는) 마음이 담겨 있습니다.

   예시)
   • 나는 존중의 말을 쓰려 노력합니다.
   • 그 말에는 상대의 이야기를 귀 기울여 듣고, 동의하지 않는 이야기에도 공감하려는 마음이 담겨 있습니다.

2. 나와 가장 많은 대화를 나누는 이들에게도 물어보세요. 당신의 말을 들으면 어떤 느낌이 드는지, 당신의 말은 무엇과 닮았는지 말이지요. 그들의 대답을 이곳에 적어보세요.

3. 그들의 대답을 들으며 무엇을 새롭게 발견하셨나요?

마음이 만나는 대화의 향연

대화는 저마다의 기억과 습관을 지닌 마음과 마음이
조우하는 과정입니다.

— 시어도어 젤딘Theodore Zeldin, 영국 철학자[2]

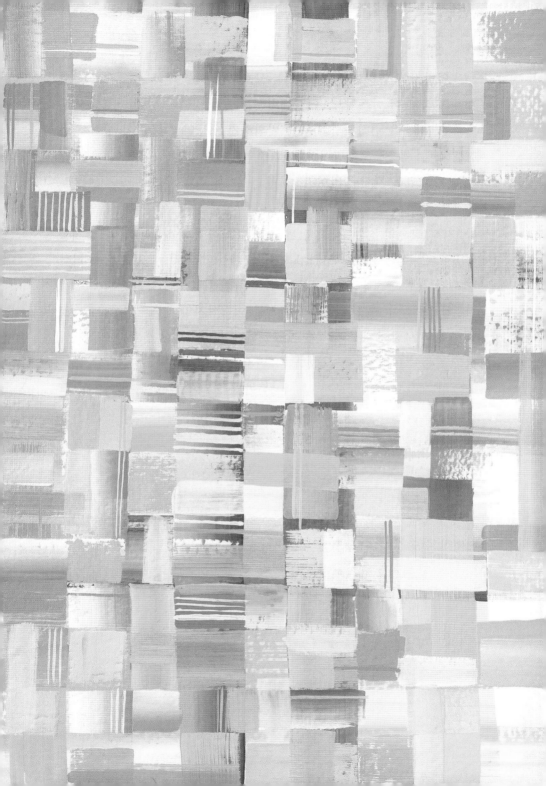

일방적인 말하기telling가 아닌, 상호교감하는 '대화conversation'는 관계를 보다 깊이 만듭니다. 좋은 대화는 기술과 방법을 넘어 서로를 마음으로 잇고 삶을 변화시키는 힘을 발휘하기 때문입니다. 마치 정성껏 준비된 식사 자리에 초대받아 마음을 주고받으며 충만하고 풍요로운 시간을 함께 보내는 것처럼 말이지요.

영국의 석학 시어도어 젤딘은 이 상상을 현실로 구현하고 있습니다. 지적 교류의 장인 '대화의 만찬'을 주최하며 풍성한 질문과 주제를 준비해 전 세계 사람들과 나누고 있지요. 이 '만찬'에는 "일은 당신 자신과 다른 사람들에게 도덕적, 지적, 심미적, 사회적으로 어떤 영향을 미칩니까?" "당신이 느끼는 연민의 한계는 어디까지입니까?" "살면서 다양한 종류의 사랑에 대해 무엇을 배웠습니까?"와 같이 삶을 다각도로 조망하는 질문이 마치 잘 차려진 코스 요리처럼 제공됩니다.

평소 깊이 생각해보지 않은 신선한 질문 속의 대화는 무의미한 잡담으로 흐르지 않고, 대화의 만찬은 풍성한 이야기의 향연으로 이어진다고 하지요. 영양 가득한 밥상처럼 말이죠.

일상의 모든 순간, 우리는 대화의 테이블에 누군가를 초대하며 이야기를 나누고 있습니다. 우리는 좋은 질문으로 그 시간을 더 의미있게 기억할 수도 있습니다. 질문을 준비하는 것이 어렵다면 질문 카드, 책 속의 문장을 매개로 시작해보는 것도 좋은 방법이랍니다. 의미 있는 대화가 가진 눈부신 만찬, 그 아름다움을 소중한 이들과 만끽해보세요.

1. 최근에 나누었던 대화 중, 가장 기억에 남는 순간을 떠올려봅니다. 그 대화는 누구
    와 이루어졌나요? 그리고 어떤 이야기를 주고받았나요?

2. 그 대화를 통해 당신이 발견했던 것, 의미 있었던 것은 무엇인가요?

3. 일상에서 대화의 만찬을 더 자주 나누기 위해 당신에게 필요한 것은 무엇일까요?

오만과 편견을 뛰어넘어

편견은 내가 다른 사람을 사랑하지 못하게 하고,
오만은 다른 사람이 나를 사랑할 수 없게 만든다.

― 제인 오스틴, 《오만과 편견》

제인 오스틴의 기념비적인 소설이자, 영화로도 제작된 《오만과 편견》은 엘리자베스와 다아시라는 두 남녀의 관계를 중심으로, 다양한 주변 인물을 통해 영국 상류사회의 보수성, 위선과 허위의식을 간접적으로 묘사하고 있습니다.

책에는 "오만이 내가 나를 어떻게 평가하느냐의 문제라면, 허영은 남들 눈에 나를 어떻게 보이게 할 것인가의 문제입니다"라는 구절이 있는데요. 오만과 허영에 대한 작가의 정의를 엿볼 수 있어 흥미롭게 읽었습니다. 오만함과 허영심은 개인과 집단을 향한 편견으로 이어지고, 편견은 자동적 생각과 신념으로 굳어지기 때문이지요.

이 책의 제목처럼 엘리자베스와 다아시가 엇갈린 이유도 바로 이 편견 때문이고, 현대 사회의 많은 이슈도 편견에서 비롯되곤 합니다. 다행히, 소설 속의 캐릭터는 다양한 관계 속에서 자신과 상대를 바라보는 성숙한 방법을 배우며 어른이 되는 과정을 보여줍니다. 이들은 자신이 가진 오만과 편견을 인정하고 사과하며 대화를 나누는 과정 속에 관계의 회복을 경험합니다. 뿐만 아니라 엘리자베스와 다아시는 가족, 지인의 갈등 해결과 관계 회복에서의 중요한 역할을 자처하는 모습도 보여줍니다.

출간된 지 200여 년이 지났지만, 사회의 왜곡된 시선과 억압, 관계의 상실과 회복 장면은 현재의 우리에게도 공감을 자아냅니다. 나의 생각과 마음을 지키는 것은 무엇보다 소중하지만, 자칫 과잉된 자기애와 편협한 사고로 치우쳐 오만과 편견을 갖게 되는 건 아닌지 생각해보게 하지요.

다양성을 포용하는 열린 마음과 관용적 태도, 겸손한 질문과 긍정적인 상호작용이 있을 때, 우리 마음은 '사랑'이 더 깊이 자리 잡게 될 테니까요.

1. 당신을 편견 없이 대해주는 사람들을 떠올려봅시다. 그들은 누구인가요? 그들이 평소 사람을 바라보는 관점, 대하는 태도에서 배울 점이 있다면 적어봅니다.

2. 당신의 오만 혹은 편견으로 상대를 오해하거나 갈등을 일으킨 경험이 있나요? 있다면, 당신이 오해했던 부분을 적어봅니다.

3. 2번의 질문에 이어, 그 후 그와 당신의 관계는 어떻게 되었나요? 지금 시점에서 다시 관계를 바라보면 어떤 마음이 드나요?

석양을 바라보듯, 꽃을 피우듯

인정받고 존중받을 때 나는 꽃처럼 피어납니다.
인정해주거나 사랑해주는 것 또는 인정받거나 사랑받는
것은 성장을 크게 촉진하는 경험입니다.

─칼 로저스, 미국 심리학자

해가 지는 하늘을 차분히 바라본 적 있나요? 하늘을 수놓은 석양을 바라보면 어떤 마음이 드나요?

사람을 이슈가 아닌 존재로 바라볼 것을 강조한 사람-중심 접근법 person centered approach의 창시자 심리학자 칼 로저스는 "사람들은 단지 그 자신이 될 수 있도록 허용해주기만 하면 석양만큼이나 아름답습니다. 나는 석양을 지배하려고 애쓰지 않습니다. 석양이 펼쳐지는 것을 경탄하며 바라볼 뿐이지요"라는 말을 남겼습니다. 칼 로저스는 상대를 석양 바라보듯, 존재 그 자체로 바라보며, 그가 미처 말하지 못한 감정과 욕구를 온전히 들으려 노력했습니다. 그는 권위가 아닌 '관계 맺음'이란 렌즈로 삶을 가꿔가는 의식 있는 상담자였습니다. 한 사람을 살리는 대화를 나눌 줄 아는 어른의 모습 말이지요.

상담사가 아니어도, 우리는 소중한 이에게 칼 로저스가 되어줄 수 있습니다. 사람을 '있는 그대로 충분한 존재'로 알아봐주는 인정認定, ac-knowledgment과 함께 말이지요.

칭찬은 기쁨을 주지만, 진실된 마음에서 우러난 인정은 자존감에 영향을 미칩니다. 칭찬은 대상의 행동과 결과에 대한 평가지만, 인정은 존재 그 자체의 수용입니다. 상대를 진심으로 인정하는 일은 석양 가득한 하늘을 경탄하며 바라보는 것, 꽃이 만개한 정원을 산책하는 것처럼 치유의 힘을 가집니다. 그 따뜻하고 견고한 인정의 힘을 믿고, 향기롭고 지혜로운 선택이 당신의 관계에 자연스럽게 피어나길 바랍니다.

1. 당신이 오래도록 잊지 못하는 '인정의 말'은 무엇인가요? 누구로부터 그 말을 들었나요?

2. 그 말은 당신의 삶에 어떤 영향을 미쳤나요?

3. 당신이 인정하기 힘든 상대를 곰곰이 떠올려봅니다. 더 늦기 전에 그에게 전하고 싶은 인정의 말이 있다면 적어봅니다.

웃음이라는 영혼의 언어

내가 좋아하거나 존경하는 사람들 사이에서는 공통점을
찾을 수 없지만, 내가 사랑하는 사람들 사이에는
공통점이 있다. 그들은 모두 나를 웃게 만든다.

─ W. H. 오든, 영국 시인

환한 웃음, 싱그러운 미소를 가진 사람은 관계에 따뜻하고 다정한 에너지를 전해줍니다. 긴장을 풀어주고, 마음의 빗장을 허물게 하지요. 그날의 대화 내용은 기억나지 않아도 함께 나눈 웃음과 감정은 마음 속 깊이 남아 서로를 단단하고 친밀히 이어주곤 합니다.

칠레의 시인 파블로 네루다는 "웃음은 영혼의 언어다 Laughter is the language of the soul"라는 말을 남겼습니다. 웃을 때만큼은 누구나 아이가 되어 내 안의 가장 순수하고 눈부신 모습을 만나게 되기 때문이겠지요. 누군가와 만나기만 해도 미소가 번지는 관계는 투명한 영혼의 마주침, 깊은 대화의 또다른 모습이 아닐까 생각해봅니다.

웃음치료학의 아버지라 불리는 언론인 노먼 커즌스 Norman Cousins는 그의 저서 《웃음의 치유력 Anatomy of an Illness》에서 웃음이야말로 내면의 깊숙한 마사지며, 웃을 때마다 나오는 엔돌핀이 병을 치료한다는 것을 체험하고 학문적으로 체계화하기도 했답니다.

당신을 웃게 만드는 사람은 누구인가요? 또 당신으로 인해 웃는 이는 누구인가요? 생명력 강한 영혼의 언어, 영혼의 치유제를 자주 선물하고픈 이는 누구인가요? 관계에서 강력한 언어로 작동하는 웃음이 당신 삶에 가득하길 바랍니다.

1. 당신을 웃게 만드는, 편안하고 유쾌한 사람들은 누구인가요?

2. 그들의 어떤 점이 당신을 웃게 만드나요?

3. 아직은 어색한 사이지만 꾸밈없는 웃음을 나누고픈 이는 누구인가요? 그러기 위해 어떤 시도를 하면 좋을까요?

만약 웃지 않는 누군가를 본다면, 그들에게 당신의 웃는 얼굴을 보여주세요.
돌리 파튼Dolly Parton, 미국의 가수·영화배우

다정한 유머를 곁에 두는 일

유머란 관찰의 깊이 있는 결과를 다정하게 전달하는
커뮤니케이션 방법이다.

― 레오 로스텐Leo Rosten, 미국 유머작가

난감하고 당황스러운 순간, 누군가 건넨 재치 있고 사려 깊은 유머에 마음이 한결 편안해진 경험이 있으실 겁니다. 유머는 경직된 분위기를 사르르 녹이는 온기를 가지기 때문입니다. 불안과 긴장으로 고조된 분위기를 빛나는 희망으로 바꾸는 그런 힘 말이지요.

유머를 건넨다는 것. 유머감각이 있는 이가 곁에 있다는 것은 큰 행복입니다. 긍정심리학에서는 '유머 감각'을 인간의 24가지 성격 강점24 character strengths의 하나로 분류할 만큼 행복한 삶에 필요한 핵심 강점 중 하나로 꼽고 있는데요. 유머를 일상에 장착하게 되면 회복탄력성도 높아지고, 정신적 육체적 건강에 좋은 영향을 미치기 때문입니다.

하버드 경영대학원에서 발행하는 〈하버드 비즈니스 리뷰Harvard Business Review, HBR〉에서도 유머는 조직 내 관계만이 아니라 혁신 프로젝트의 성공에 큰 기여를 한다고 언급한 바 있습니다. 다만 유머는 공격적인aggressive 유머와 친화적affiliative 유머로 구분되며 이를 현명하게 구분해서 사용해야 한다고 강조하고 있습니다. 타인을 깎아내리거나 조롱이 섞인 유머는 유대감을 악화시킬 뿐 아니라, 그 유머를 구사하는 사람의 품위와 인격을 여과 없이 보여주곤 하니까요.

당신의 삶에는 유머가 있나요? 어떤 유머를 쓰고 있는지도 궁금합니다. 다정함이 담긴 유머, 친화적 유머를 쓰고 있는지 잠시 멈추어 생각해 보아도 좋겠죠? 좋은 유머감각은 삶의 감각도 깨워줄 테니까요.

1.　당신은 유머를 어떻게 정의하나요?

2.　긴장되거나 불편한 상황에서 당신의 유머로 분위기가 좋아진 경험이 있나요? (경험이 있다면) 어떤 유머로 분위기를 회복시켰나요?

3.　일상에서 다정하고 친화적인 유머를 가까이하기 위해 노력해보고 싶은 것이 있다면 적어봅니다.

환대, 존재와 존재의 마주침

환대는 시적poetic일 수밖에 없다.

— 자크 데리다, 프랑스 철학자

《사람, 장소, 환대》를 쓴 김현경 박사는 환대란 "타자에게 자리를 주는 행위, 혹은 사회 안에 있는 그의 자리를 인정하는 행위"라고 정의합니다.

환대는 타인을 자신의 공간으로 기꺼이 들어오게끔 반기는 이타적인 마음의 표현이라는 것이지요. 상대에게 전하고 싶은 마음을 떠올리는 공동체적 감각이기도 합니다. 따스한 배려가 담긴 눈빛과 태도, 기꺼이 내준 시간, 따뜻한 포옹, 푸짐하고 인심 좋은 상차림, 다정한 말, 온기가 담긴 편지와 같은 다양한 환대의 빛깔은 세상이 안전한 곳임을, 혼자가 아님을, 타인과 끈끈하게 연결되어 있음을 느끼게 되니까요.

관계의 깊이는 환대의 깊이와도 닮아 있습니다. 상대를 자신의 삶에 초대하고, 서로의 다름을 존중하는 일에는 진심이 담겨야 하기 때문입니다. 오랜 시간 알아왔거나 자주 만나도 깊이가 축적되는 관계가 있는가 하면, 여전히 거리가 느껴지는 사람이 있습니다. 가족 간에도 관용의 마음으로 '환대'를 하고 있는지 생각하게 되지요. 집이라는 물리적 공간을 넘어, 심리적인 공간에 서로를 생각하는 마음이 축적되어야 하기 때문입니다.

우리는 보이지 않는 느슨한 인연에게서도 환대의 순간들을 경험합니다. 자신의 말을 줄이고 타인의 고민에 귀 기울이는 것, 뒤에 오는 사람을 위해 문을 잡아주는 것 등 사소하지만 사려 깊은 행동에서 앞으로 나아갈 힘을 얻으니까요. 나답게 살아갈 에너지는 이런 작은 다독임, 진심 어린 환대에서 출발하는 '시적' 표현임이 분명합니다.

1. 기억에 남는 환대의 순간들을 적어봅니다.

2. 무엇이 당신에게 환대의 경험을 느끼게 해주었나요?

3. 최근에 당신이 누군가를 환대해준 경험을 떠올려봅니다. 당신은 어떻게 마음을
   표현했나요? 그리고 상대의 반응은 어떠했나요?

질문을 건네는 이유

근원적인 질문을 통해 우리는 조금 더 정적이지만 깊이
있는 뿌리를 찾을 수 있을 것이다.
결국, 사람을 이해하는 것에 다다르기 위하여.

－에드워드 윌슨, 미국 생물학자[3]

당신에게 소중한 사람, 지키고 싶은 누군가를 떠올려보세요. 당신은 그에게 주로 어떤 질문을 건네나요? 그리고 그 질문엔 어떤 마음이 담겨 있나요?

사랑에 빠져 누군가를 조건 없이 사랑하던 경험, 있으신가요? 사랑을 하게 되면 우리는 상대의 모든 것이 궁금해지곤 합니다. 시시콜콜한 일상부터 삶에 대한 진지한 이야기까지, 우리는 상대에게 여러 범위를 넘나드는 질문을 건네게 됩니다. 초롱초롱한 눈으로 그를 바라보고, 그가 들려줄 답변에 귀를 쫑긋 세우게 되지요. 반면 상대에 대한 관심이 줄어들면 가장 먼저 사라지는 것은 뭘까요? 바로 질문입니다. 상대방에 대해 묻는 질문은 어느덧 사라지고 일방적인 자기중심적 말하기가 대화를 차지하게 됩니다. 호기심이 사라진 공허한 이야기, 필요에 의한 대화만 나누기도 합니다.

이처럼 질문은 상대에게 건네는 관심이자, 의미 있는 관계를 형성하기 위한 중요한 도구입니다. "너의 생각은 어때? 지금 네 마음은 어때? 그 과정에서 네가 배운 것은 무엇이야? 혹시 내가 도와줄 건 없을까?"와 같은 존중의 질문은 우리의 마음, 대화, 관계를 잇는 견고한 연결고리가 되어줍니다.

상대를 더 깊이 이해하고, 상대와 이어지길 원한다면 질문이란 대화의 스위치를 켜보세요. 질문은 서로의 주체적인 삶을 돕는 귀한 선물이자, 서로의 마음을 이어주는 가교가 되어줄 테니까요. 질문을 통해서만 들을 수 있는 상대의 이야기가 있습니다. 그 아름다운 공명이 당신의 대화에 가득하길 바랍니다.

1. 지금껏 받아본 질문 중 아직도 기억에 남는 질문 세 가지를 적어봅니다.

2. 당신에게 그 질문이 중요한 이유는 무엇일까요?

3.　최근 가장 호기심이 생기는 사람은 누구인가요? 그의 어떤 점이 궁금한가요?

모든 질문은 세상을 이해하려는 외침이다.
칼 세이건, 미국 천문학자

공감은 봄바람을 타고

강물이 꽁꽁 얼었을 때
얼음을 깨겠다고 망치와 못을 들고 나선다면
힘만 들지 온 강의 얼음을 다 깰 수는 없다.
봄이 오면 강물은 저절로 풀린다.
공감은 봄을 불러오는 일이다.
내 마음에 봄바람을 가득 채우고
사람과 사람 사이에 온기를 불어넣는다.

－정혜신, 정신건강의학과 전문의

누군가 당신에게 고민을 털어놓을 때 당신은 주로 어떤 반응을 보이나요? 상대를 위로해주고 곁에 가만히 머무르며 공감해주나요? 아니면 혹시 "너만 힘든 것 아니다, 그렇게 나약해서 무엇을 하겠느냐, 나는 더 힘들다"처럼 판단과 조언을 하는 편인가요? 속마음을 고백한다는 것은 시시비비를 가리는 심판자가 되어달라는 뜻은 아닐 거예요. 자신의 감정과 존재를 알아봐달라는 상처받은 이의 몸짓이자 간절한 부탁일 수 있답니다.

물론 겹겹이 쌓인 사람의 감정을 온전히 읽는 것이 쉬운 일은 아닙니다. 그러나 결정적인 순간의 공감은 소중한 사람의 마음, 조금 더 나아가 삶을 지키는 순간이 되어줍니다. 정신과 의사인 정혜신 박사는 이를 '심리적 심폐소생CPR'이라고 표현할 정도니까요. "그런 마음이셨군요, 많이 힘드셨겠어요, 지금은 마음이 어떠세요?"라고 물어봐주는 것만으로도 상대의 마음은 다시 꽃처럼 피어납니다.

공감은 상대를 있는 그대로 이해하는 것을 뜻합니다. 기계적인 끄덕임, 과한 리액션, 근거 없는 무조건적인 낙관, 화려한 응원을 해주는 것이 아니라 상대의 언어 너머 감정을 살펴봐주는 것, 상대가 느끼는 감정을 왜곡하지 않고 존중해주는 것이 공감입니다. 아파하는 누군가가 있다면, 판단과 조언을 잠시 내려놓고 상대의 눈과 마음을 바라봐주세요.

공감의 온기가 함께할 때 우리는 다시 일어서는 희망과 자신감을 얻게 됩니다. 마음에 안부를 묻는 말 한마디는 따뜻한 봄바람처럼 소중합니다.

1.   당신이 받은 최고의 공감은 무엇인가요? 말일 수도, 글일 수도, 비언어적인 몸짓일
     수도 있겠지요. 당신에게 큰 힘이 되었던 '공감의 순간'을 떠올리고 기록해봅니다.

2.   공감을 더 잘 하고 싶은 누군가가 있다면 적어봅니다. 그는 당신에게 어떤 존재인
     가요?

3.   2번에 답한 상대에게 공감을 더 잘하기 위해서 어떤 노력을 해보면 좋을까요?

연민이 내 삶을 파괴하지 않을 정도로만 남을 걱정하는 기술이라면
공감은 내 삶을 던져 타인의 고통과 함께하는 삶의 태도다.
수전 손택, 미국 작가

우정이라는 투명한 끈

인생의 일부분은 우리가 만들어가는 것이고,
또 다른 부분은 우리가 선택한 친구들에 의해
만들어지는 것이다.

－테네시 윌리엄스, 미국 작가

'당신에게는 허물없이 찾아가 마음을 나눌 친구가 있나요?' '밤늦도록 공허한 마음을 내놓아도 안심이 되는 친구가 있나요?' 이 두 질문은 유안진의 《지란지교를 꿈꾸며》에서 찾을 수 있는 우정에 관한 질문입니다.

초판이 출간된 지 어느덧 20년을 훌쩍 넘긴 이 책은 저에게 우정에 대한 정의를 심어주고, 벗을 사귀는 기준점이 된 특별한 책으로 남아 있습니다. 학창 시절 친한 친구와의 교환일기장 맨 앞장에 큰 글씨로 적어두기도 했을 만큼 말이죠. 좋은 문장을 새겨둔 덕분일까요, 그 친구와는 지금도 삶의 중요한 순간, 기쁨과 아픔을 진심으로 나누며 삶의 동행을 하고 있습니다.

친구란 나의 진짜 모습을 알고 있는 내 역사와도 같은 사람, 과거에 머물지 않고 미래로 함께 나아가는 사람, 애쓰는 마음을 바라봐주는 존재이니까요. 남들이 미처 보지 못하는 눈물을 닦아주고 나를 일으켜 세워주는 사람, 자주 연락하지 않아도 마음으로 연결되어 있는 사이, 침묵조차 어색하지 않은 사이, 그게 바로 진정한 친구일 테니까요.

셰익스피어의 《햄릿》에서는 햄릿의 신하인 플로니어스가 유학을 떠나는 아들 레이티스에게 이런 말을 합니다. "친구를 사귀되 결코 아무하고나 어울리지는 말거라. 친구를 사귀고, 겪어보고 그들이 진실되다 여겨지면, 쇠고리로 네 영혼에 묶어두어라"라고 말이지요.

진실된 친구는 인생 최고의 투자처라고 하지요. 끈으로 단단히 묶어두고 싶은 친구는 누구인지 곰곰이 떠올려보면 좋겠습니다.

1. 당신이 가장 신뢰하는 진실된 친구는 누구인가요? 그와 우정을 깊이 나눌 수 있는
    이유는 무엇일까요?

2. 당신은 소중한 친구에게 어떤 존재가 되어주고 있나요?

3. 30년 후, 당신 곁에 어떤 친구들이 곁에 있길 바라나요? 함께하고 싶은 친구들의
    모습, 성향, 분위기 등을 상상해봅니다. 새롭게 사귄 친구도, 오랜 친구들도 있을
    수 있겠죠?

우정을 빼고 나면 삶에 중요한 것이 별로 없다.
볼테르, 프랑스 사상가

파리의 공기를 당신께

나는 돈으로 살 수 있는 모든 것을 갖춘, 아렌스버그를
위한 선물을 생각했다. 그래서 파리의 공기가 든 앰플을
그에게 가져다주었다.

─마르셀 뒤샹, 프랑스 예술가[4]

이미지나 텍스트로는 다 표현할 수 없는, 설레는 공기, 분위기, 향기, 온도를 오래도록 간직하고 싶은 소중한 순간을 종종 마주합니다. 잡히지 않는 그 순간을 영원히 박제해 담아두고 싶을 때도 있지요. 이런 생각을 예술작품으로 만든 이가 있으니, 바로 혁신과 도전의 아이콘 마르셀 뒤샹입니다. 여러 도시를 오가며 작품 활동을 한 그는 파리를 떠나기 전, 약국에서 유리병에 담긴 링거를 구입하고 약사에게 내용물을 버리게 한 후 병을 봉합토록 부탁합니다. 그리고 그 병에 '파리의 공기 50cc'라는 이름을 붙여 자신을 도와준 뉴욕의 아렌스버그 부부에게 선물로 건넵니다.

약국에서 파는 평범한 의약품에 의미를 더해 세상에 단 하나밖에 없는 선물을 만든 것입니다. "내가 그의 이름을 불러주기 전에는 그는 다만 하나의 몸짓에 지나지 않았다." 김춘수 시인의 '꽃'의 한 구절처럼, 그는 흔한 공기에 '파리의 공기 50cc'라는 이름을 달아 세상에 단 하나뿐인 선물이자 오브제로 만든 것이지요.

설레는 기억과 감각을 주고 싶은 마음, 그것이 담고 있는 가치와 메시지, 상대를 아끼는 태도와 온기는 선물 가격 이상의 가치를 전하곤 합니다. 선물을 주고받는 의미를 다시 생각해보게 하지요. 소중한 사람에게 줄 선물을 고르는 당신만의 기준이 있나요? 당신이 건네는 선물에는 어떤 의미가 담겨 있는지도 궁금해집니다. 선물을 고르고 만드느라 시간을 들이고, 마음을 쓰는 그 시간이 당신에게도 즐겁고 가치 있기를 바라며, 서울의 공기를 전합니다.

1. 당신이 고심하며 골랐던 선물들이 기억나나요? 그 선물은 누구를 위한 것이었나요? 그리고 어떤 의미가 담겨 있었나요?

2. 당신이 받은 선물 중 가장 기억에 남는 선물을 떠올려봅니다. 그것은 누구로부터 받은 선물이며, 그 선물이 기억에 남는 이유는 무엇일까요?

3. 상대의 선물을 고르거나 혹은 만드는 당신만의 방식과 기준이 있다면 적어봅니다.

추억이 우릴 지켜줄 거야

팔려고 보면 갖가지 추억이 떠올라
물건에서 마음이 도통 떨어지지 않는 아네뜨였다.
저장은 관리를, 관리는 곧 애정을 뜻한다.

— 하정, 작가[5]

사람이 남기는 것 중 진정으로 가치 있는 것은 '기억'이란 말이 있습니다. 기억이 저장된 물건은 세월의 흔적과 함께 더욱 소중해져 오래도록 간직하게 되지요. 추억이 많은 아이는 죽을 때까지 안전할 것이라는 《까라마조프가의 형제》의 한 구절도 떠오릅니다. 저에게 기억의 매개로 작용한 사물은 바로 어머니에게 받은 '편지'입니다. 저희 엄마는 특유의 필체가 담긴 쪽지와 편지를 써서 도시락통에 자주 넣어주시곤 했거든요.

어른이 되고 나서야 정성 어린 손길과 손맛이 저의 어린 시절을 지켜주었다는 사실도 깨닫게 되었지요.

여러분은 어떤 물건을 각별하게 보관하고 있나요? 그 물건에 담긴 이야기와 특별한 추억은 무엇인가요? 학창 시절에 친구와 주고받은 교환일기, 마음이 담긴 선물, 좋아하는 여행지에서 지인이 건네준 기념품, 부모님의 물건, 아이나 조카가 처음으로 걸을 때 신었던 신발, 사랑하는 이가 처음으로 전해주던 편지일 수도 있겠죠.

어떤 물건은 당신의 삶 속에 들어와 사라지지 않는 이야기가 됩니다. 특별한 순간을 담은, 유일무이한 물건이 되지요. 과거의 것이지만 동시에 현재의 것, 미래의 것이 되어 이야기가 마르지 않는 스토리텔러가 되어줍니다. 당신을 지켜주는 추억의 물건을 오랜만에 꺼내봐도 좋겠습니다.

1.　당신이 오랫동안 각별하게 보관하고 있는 물건은 무엇인가요?

2.　그 물건에는 어떤 추억과 이야기가 담겨 있나요?

3.　살다 보면 사라지거나 빛이 바래는 소중한 물건이나 소중한 추억을 보관하는 당
　　신만의 방법이 있나요?

풍요로운 '감사'의 정원에서

우리를 행복하게 만들어주는 사람들에게 감사합시다.
그들은 우리 영혼을 꽃피우게 하는 멋진
정원사들이니까요.

―마르셀 프루스트, 프랑스 소설가

당신은 감사의 마음을 잘 표현하고 있나요? 우리는 간혹 쑥스럽다는 이유로, 혹은 말하지 않아도 알고 있을 거란 생각에 타인의 수고와 배려에 감사 표현 없이 무심코 넘어가기도 합니다.

감사의 기술과 효과를 뇌과학적인 관점에서 쓴 《감사의 재발견》에 따르면 감사함을 많이 느낄수록 관계를 더 유지하고 싶어 하고 상대의 가치를 재발견할 가능성이 높다고 해요. 상대를 인정하는 마음이 클 때 관계에 더 헌신한다는 연구 결과도 있습니다. 원하는 것을 만들어가는 과정에서 좋은 선물을 받았다고 느낄 때 일어나는 감정이자 행동이 '감사'이기 때문입니다.

인간의 강점과 미덕, 건강한 정서에 초점을 맞추는 긍정심리학에서는 감사 또한 인생의 중요한 미덕 중 하나로 꼽습니다. 긍정심리학의 창시자 마틴 셀리그먼 박사는 자신에게 중요한 의미를 지닌 사람들에게 그들이 이 지구상에 존재한다는 것만으로도 얼마나 고마운 일인지 자주 전해야 한다고 강조합니다.

탈무드에는 "세상에서 가장 지혜로운 사람은 배우는 사람이고, 가장 행복한 사람은 감사하는 사람이다"라는 말이 있습니다. 불만과 불평의 마음을 '감사'라는 관점으로 바꾸는 노력, 감사함을 구체적으로 기록하고 표현하는 것은 관계라는 정원에 행복하고 향기로운 감정을 피어나게 할 것입니다.

1. 당신의 인생에 중요한 영향을 준 사람들은 누구인가요? 한분 한분 떠올려보고 기록해봅니다.

2. 그들에게 감사의 마음을 어떻게 전하고 있나요? 미처 전하지 못했거나 충분히 표현하지 못했다면, 어떻게 감사하는 마음을 전할 수 있을까요?

3. 《잃어버린 시간을 찾아서》라는 대작을 집필한 마르셀 프루스트는 우리를 행복하게 만들어주는 사람들을 두고 "우리의 영혼을 꽃피우는 정원사"라는 표현을 썼습니다. 당신이 감사함을 느끼는 이들에게 특별한 이름을 선물한다면 어떻게 부르고 싶나요? 직접 불러주어도 좋겠죠. 용기를 가져보세요!

원하든 원하지 않든 간에 우리는 서로서로 연결되어 있다. 그래서 나 혼자만 따로 행복해지는 것은 생각할 수도 없다.
달라이 라마

혼자가 아니니까

관계는 우리 인생에 의미를 부여한다.

— 브레네 브라운, 미국 작가

세상에 필요한 기술과 기능은 계속 발전하고 있지만, 많은 자극과 비교 속에 몸과 마음이 오히려 무거워질 때가 있습니다. 때로는 삶의 무게가 영원히 바위를 밀어 올리기를 반복하는 신화 속의 시시포스처럼 느껴진다고 토로하는 이들도 있습니다. 책임은 가중되고, 주변의 기대는 높아지고, 해결해야 할 일들에 압도되고, 이 모든 과정이 뫼비우스 때처럼 끝없이 반복되는 것 같은 감정을 느끼기도 하지요. 그럴 때, 누군가가 건넨 다정한 말 한마디, 실질적 도움은 모났던 마음을 둥글게 다듬어주기도 합니다.

《비폭력 대화》의 저자인 마셜 로젠버그는 "인간의 본성은 서로의 삶에 기여할 때 기쁨을 느끼는 것"이라 말했습니다. 서로의 삶에 도움이 되고자 하는 마음은 그렇게 우리를 나아가게 합니다. 그런 맥락에서, 타인에게 도움을 요청하는 것, 타인의 도움을 감사히 받아들이는 과정은 '나'에서 '우리'로 관계가 확장되는 충만한 경험이기도 합니다.

때로 고민의 무게가 버겁게 느껴질 때, 잠시 주위를 둘러보면 어떨까요? 그리고 용기 내어 도움을 청해보면 어떨까요? 용기 내어 다가가 보고, 필요할 때 도움을 요청하는 사람이 되어도 괜찮습니다. 서로 주고받는 기쁨을 더 감사히 누리고, 표현하며 살았으면 합니다. 그 선순환 속에 고단했던 삶의 어깨는 활짝 펴지고, 함께하는 충만함을 느끼게 될 테니까요. 삶의 여정이 더 근사하게 다듬어질 테니까요.

1. 가장 힘들었던 시기에 당신을 도와주었던 사람이 있다면 떠올려봅시다. 그들은 당신을 어떻게 도와주었나요?

2. 당신이 타인의 힘듦을 알아보고 도움의 말과 손길을 건넨 기억이 있다면 적어봅니다. 도움을 받은 상대는 당신에게 어떤 이야기를 해주었나요?

3.	당신이 가장 돕고 싶은 대상은 누구인가요? 그 사람을 돕고 싶은 당신만의 이유가
	있다면 적어봅니다.

오롯한 사랑의 대상

눈앞에서 문이 닫히고
모든 시끄러운 일상들이 문 뒤로 물러났다.
눈앞에 오로지 사랑의 대상들만 남았다.
세상이 사랑의 대상들과
소란하고 무의미한 소음들의 대상들로
나뉘어 있다는 걸 알았다.

─김진영, 철학자[6]

철학자 김진영의 유고 산문집 《아침의 피아노》는 저자의 투명한 사유가 담긴 책입니다. 작가는 암 투병 중에도, 임종 사흘 전까지도 남겨질 이들을 위해 글을 썼다고 하지요.

"마음이 무겁고 흔들릴 시간이 없다. 남겨진 사랑들이 너무 많이 쌓여 있다. 그걸 다 쓰기에도 시간이 부족하다." "나만을 지키려고 할 때 나는 나날이 약해진다. 타자를 지키려고 할 때 나는 나날이 확실해진다"라는 문장에는 생이 얼마 남지 않은 철학자의 삶과 사랑, 감사에 대한 애틋한 마음이 느껴져 울림을 줍니다.

삶과 죽음의 경계에서 우리는 어떤 생각을 하게 될까요? 생의 마지막 날 어떤 기억을 떠올릴까요? 아마도 소중한 이들에게 귀 기울이지 못하고 다그쳤던 순간, 사랑한다고 미안하다고 고맙다고 더 마음을 표현하지 못한 것, 의미 있는 시간을 더 많이 나누지 못한 아쉬움과 뒤늦은 후회가 떠오르지 않을까요.

죽음은 존재론적 확실성과 시간적 불확실성을 가지고 있습니다. '어떤 삶을 살고 싶은가'라는 커다란 물음은 생의 마지막 날을 떠올릴 때 비로소 또렷해지는 질문입니다. 누구와 생을 더 함께하고 싶은지, 어떻게 의미 있게 살 것인지, 미처 생각해보지 못한 내 안의 마음을 만나게 되지요. 가만히 생각해볼까요? 당신이 눈감는 날, 당신 곁에는 누가 있을까요? 당신은 사랑하는 이들에게 어떤 말을 전하고 있을까요?

1. 당신이 가장 사랑하는 이들의 얼굴과 이름을 떠올려보세요. 그들은 당신에게 어떤 존재인가요?

2. 당신은 그들에게 어떤 사람으로 기억되고 싶나요?

3. 당신을 사랑하는 이들과 당신이 사랑하는 이들을 위해 세상에 무엇을 남기고 싶나요? 그것이 당신과 그들에게 어떤 의미가 있을지도 기록해봅니다.

예술에도, 삶에도 진정한 의미를 부여하는 색깔은 오직 하나이다.
그것은 사랑의 색이다.
마르크 샤갈, 프랑스 화가

아름다운 공감과 공존

그 누구도 혼자서는 지혜로울 수 없다.

— 플라우투스Plautus, 고대 로마 작가

현대 사회를 살아가는 우리는 각박하고 피로한 경쟁의 환경에 수시로 노출됩니다. 빠르게 변해가는 세상 속에 미래의 불확실성과 불안함도 높아집니다. 삶이 불안정하다 보니 주변을 살피는 것이 어느 순간 사치스럽게 느껴지기도 하고, 혼밥, 혼술, 혼영같이 무언가를 혼자서 하는 것도 이제 익숙한 일이 되었습니다. 코로나 팬데믹의 영향도 큰 몫을 했지요.

주체성과 독립성을 가지고 개개인의 역량을 키우는 일은 중요하지만 '따로 또 같이'의 가치와 지혜는 삶의 만족도를 높입니다. 혼자서는 발견할 수 없는 것과 혼자여야만 가능한 것을 구별할 수 있는 힘을 갖출 때 우리는 더 큰 성장을 하게 되니까요.

취향과 생각을 나눌 수도 있고, 협업을 통해 다양한 일을 할 수도 있지요. 시너지가 나는 관계는 서로에게 다양한 시야를, 더 큰 세상을 선물합니다. 관계란 마주침과 부딪힘을 주고받는 관계이지만, 혼자서 잘할 수 있는 일과 함께여서 더 에너지가 솟는 일, 유의미한 결과물을 만들 수 있는 일을 정리해보는 것도 추천드립니다.

온전한 나로서의 독립과 더불어, 타인과의 공감과 공존이 멋진 하모니를 이룰 때, 우리의 세계는 더 확장되고, 더 가치 있게 빛나겠지요.

1. 당신에게 특히 더 영감을 주고, 당신의 취약함을 채워 당신과 시너지가 나는 사람들은 누구인가요? 나를 중심으로 연결된 이들의 이름을 쓰고, 선으로 이어봅니다.
(중요한 일을 상의하는 사람, 협업 파트너 혹은 프로젝트를 함께 하는 지인, 모임과 같은 커뮤니티에서 특별하게 연결된 사람 등이 있겠지요?)

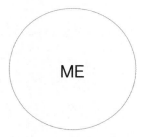

2. 그들의 어떤 부분이 당신을 채워주고 앞으로 나아가게 했나요?

3. 당신이 그들에게 기여할 수 있는 것은 무엇인가요?

우리는 개별적으로는 한 방울의 물이지만 함께라면 바다가 된다.
아쿠타가와 류노스케, 일본 소설가

인연을 맺는다는 것

사람이 온다는 것은 실은 어마어마한 일이다.
그는 그의 과거와 현재와 그리고 그의 미래와 함께 오기
때문이다.
한 사람의 일생이 오기 때문이다.

— 정현종, '방문객'[7]

오래도록 함께하고 싶은 좋은 이를 알아보는 것, 진정성 있는 관계를 맺는 것, 인연을 오래 이어나간다는 것은 선택과 안목이 필요한 일입니다. 어떤 관계를 맺느냐에 따라 성장의 방향이 달라지기도 하지요. 역사 속에서도 주요 인물의 관계구도가 한 국가의 흥망성쇠를 결정하는 것을 우리는 목격해왔습니다.

피천득의 수필 '인연'에는 "어리석은 사람은 인연을 만나고도 몰라보고, 보통 사람은 인연인 줄 알면서도 놓치고, 현명한 사람은 옷깃만 스쳐도 인연을 살린다"라는 구절이 있습니다. 인연에 대해 생각해보게 하는 유명한 구절입니다. 그간 당신 곁을 스쳐간 많은 이들은 당신에게 어떤 영향을 주었나요? 인연이라 생각하는 이들과는 어떤 관계를 맺고 있나요? 사소한 일로 오해가 생긴 관계, 만나면 유독 불편한 사람 또는 상처를 주는 사람도 있었겠지요. 반면, 행복한 감정을 전염시키는 이들, 서로 성찰과 성장의 대화를 이어가게 하는 애정 어린 이들, 다정한 안부를 묻고 결정적인 순간에 도움을 주는 이들도 많았을 겁니다. 그 많은 경험 속에 우리는 곁에 두고 싶은 이들을 알아보게 됩니다.

나를 잃어가면서까지 모든 이와 잘 지낼 필요는 없습니다. 타인의 세계를 존중하는 만큼, 나의 세계도 존중받아야 관계가 더 자연스럽고 편안해지니까요. 사람은 서로 사랑하고 사랑받는 관계 속에 의미를 찾고 충만한 삶을 살 수 있습니다. 당신에게 좋은 사람, 지혜로운 사람, 오래도록 대화하고 싶은 벗을 만났다면 그와의 관계에 진심을 담아보세요. 정성껏 아끼고 가꾸는 일에는 연습과 노력이 필요한 법입니다.

1. 당신이 생각하는 좋은 사람의 정의는 무엇인가요?

2. 삶에서 오래도록 함께하고 싶은 사람은 누구인가요? 그들의 이름을 기록해봅
   니다.

3. 그들과 진실된 관계를 이어가기 위해 당신은 어떤 노력을 하고 있나요?

마음의 거리를 지켜주는 일

사람을 대할 때는 불을 대하듯 하라.
다가갈 때는 타지 않을 정도로, 멀어질 때는 얼지 않을
만큼만.

— 디오게네스, 고대 그리스 철학자

나무가 빼곡한 숲속, 나무 사이의 간격을 관찰해보면 서로 적당한 간격을 유지하며 자라는 것을 볼 수 있습니다. 나무들끼리 너무 붙어 있으면 경쟁하듯 위로만 자라서 튼튼한 몸통을 가지지 못하기에 자연스럽게 생겨난 현상이라고 합니다. 비단 나무뿐일까요?

사람 사이에도 존중과 배려가 깃든 건강한 거리감이 필요합니다. 그래야만 객관적인 관점에서 자신의 삶을 지키고, 서로의 관계를 짚어보며 발전적인 상태로 나아갈 수 있으니까요. 건강하게 연결된 관계란 상대와 나를 동일시하거나 서로 지나치게 의존하는 것이 아닌, 각자의 자리에 오롯이 존재하며 서로의 개별성을 존중하는 관계입니다.

작가이자 시인인 칼릴 지브란의 《예언자》에는 "함께 있되 거리를 두라. 그래서 하늘 바람이 너희 사이에서 춤추게 하라"는 말이 있습니다. 현악기의 선들이 각자의 적정 거리를 유지해야 아름다운 음을 내듯, 나무들이 알맞은 간격을 가져야 아름다운 숲이 되듯, 사람 사이도 보이지 않는 건강한 거리감을 유지할 때 지속가능하고 아름다운 관계를 만들 수 있습니다.

각자의 눈부신 고유함이 모여 더 찬란한 우리가 될 수 있도록, 당신에게 필요한 안전한 경계, 심리적 거리감을 생각해보세요. 관계 유지와 평판에 대한 집착이 아닌, 건강한 거리감 사이에서 맑고 자유로운 바람이 춤을 출 수 있도록 말이죠.

1. 심리적 거리를 잘 조절하여 더 돈독한 관계로 만든 경험이 있나요? 그때 당신은 어떤 지혜를 발휘했나요?

2. 지금 심리적 거리감이 필요한 사람이 있나요? 매우 가까운 관계일 수도, 직장상사와 직원, 친구 간의 관계일 수도 있겠죠. 그중 현재 건강한 거리감이 필요한 사람이 누군인지 적어보세요.

3. 당신이 그와의 관계에서 바라는 심리적 거리, 연락의 빈도를 생각해봅시다. 건강한 거리를 위해 시도해보고 싶은 것은 무엇인가요?

Chapter 1 'Linkage: 우리라는 연결고리'에서 새롭게 발견한 것 또는 영감을 받은 문장이나 이야기는 무엇이었나요? 마음에 새길 수 있도록, 이곳에 기록해보세요.

세상을 조금이라도 살기 좋은 곳으로 만드는 것, 그대가 살았다는 이유로 한 사람이라도 더 쉽게 호흡하는 것, 이것이 진정한 성공이다.

랄프 왈도 에머슨, 미국 사상가

CHAPTER 2

Linkage

Identity

Future

Emotion

Identity

'나'라는 세계

꽃은 자연의 흐름대로 피어나고 소멸합니다. 보는 이 없어도 자신의 자리를 인내로 지켜내지요. 저마다의 색깔과 모습으로 고귀한 아름다움을 자아내는 꽃들을 바라보면 경이롭기만 합니다. 화려한 꽃, 길가의 작은 풀꽃, 활짝 만개한 꽃, 잠시 시들은 꽃까지. 존재의 본질은 사라지지 않은 채 기꺼이 자신의 자리를 묵묵히 지킵니다.

우리도 저마다 나다운 꽃이 피고 지는 마음의 정원을 가지고 있습니다. 그 '마음의 정원' 안에는 강점, 가치, 취향, 고유한 이야기가 당신만의 조합으로 어우러져 있을 테지요. 진화하는 꽃처럼 사람의 정체성도 계속해서 재발견하고 꽃피워가는 진화의 생명력을 가졌습니다. 아름다움을 가꿔가는 노력, 나의 존재를 나답게 가꾸는 일은 스스로의 정체성을 선명히 만드는 일과 맞닿아 있지요. 무한한 잠재력과 가능성을 믿고 발휘하며, 꽃이 만개한 마음의 정원을 당신의 언어로 가꾸어보세요. '나라는 꽃'은 영원히 시들지 않으니까요.

Identity: '나'라는 세계

당신은 자기 자신으로 살고 있나요? 당신이 창조하고 싶은 당신의 세계는 어떤 모습인가요?

내가 무엇을 좋아하는지, 무엇에 가슴이 뛰는지, 무엇을 잘하는 사람인지 알고 있나요?

우리는 독창적인 존재인 원본으로 태어나 누군가를 모방하는 복사본으로 살아간다는 말이 있습니다. 사회에 적응하고 사회에 필요한 존재가 되는 것은 중요하지만, 역할에 사로잡혀 원치 않는 삶의 방향으로 가고 있진 않은지, 나를 잃고 살진 않은지 수시로 묻는 시간이 필요하지요.

심리학자 카를 구스타프 융은 "밖을 보는 자는 꿈을 꾸고, 안을 보는 자는 깨어난다"라는 말을 남겼습니다. 세상의 모든 변화는 나로부터, 스스로의 정체성을 인식하는 데에서 시작한다는 것이지요. 정체성은 나를 다른 사람과 구별되게 하는 유일한 것, 나만의 지문과도 같습니다. 수십억 인구가 모두 다른 지문을 갖고 있듯, 대체 불가하고 고유한 존재로 나를 온전히 인식하는 것이 나답게 사는 일입니다.

나 자신을 이해하고 발현하는 일은 스스로를 조각하며 만들어가는 창조적 의지와도 맞닿아 있습니다. 그런 맥락에서 우리는 자기의 세계를 창조하는 크리에이터, 예술가라는 말에 크게 동의합니다.

그동안 사회화를 위해 적응하고 성장하느라 진짜 나를 돌보지 못했다면, 이제는 사회적 자아와 진짜 내가 만나 통합되고 확장될 수 있도록 노력할 시간입니다. 진짜 내가 방치되지 않도록 스스로에게 성숙한 질문을 던지는 시간입니다. 나의 민낯을 대면하는 것, 묻지 않았던 질문의 여정을 통해 스스로가 내 삶의 주인공이라는 자기 신뢰^{Self-Reliance}가 더 공고해지길 바랍니다. 당신은 당신이 아는 것보다 크고 눈부신 존재라는 것, 다른 누구처럼 되어가기 위해 애쓰는 것이 아니라 내가 원하는 삶을 향해 가야 하니까요.

자기다움과
아름다움의 앞글자가 만나면 '자아', 즉 내가 됩니다.
자기답고 아름다운 나는 내 안에 있음을 기억하세요.

두 번째 챕터인 Identity는 '나라는 세계'를 탐험하고 그려보는 시간으로 구성했습니다. 나는 어떤 이야기를 가진 사람인지, 나의 고유함과 취향, 강점은 무엇인지 살피려 합니다. Be original, Be yourself. 당신만의 아이덴티티로 당신의 삶을 작품으로 만들어보세요. 당신 스스로가 창조한 당신의 세계에서 자유롭게 유영하기를 바랍니다. 당신에게는 분명무한한 힘이 있으니까요.

"네가 얼마나 밝게 타오르는지 보여. 네가 얼마나 용감했는지 봤어.
이젠 네가 네 자신을 볼 차례야. 네가 진정한 선물이야."
"눈을 뜨렴. 뭐가 보이니?"
"내가 보여요. 나의 전부."

영화 〈엔칸토: 마법의 세계〉

Be yourself.
Everyone else is
already taken.

———————

너 자신이 되어라. 다른 모두는 이미 누군가 하고 있다.

— 오스카 와일드, 아일랜드 시인·극작가

나였던 그 아이를 찾아

중요한 것은 결코 질문을 멈추지 않는 것이다.
호기심은 그 자체만으로도 존재의 이유를 가지고 있다.

− 알베르트 아인슈타인

여러 역할 속에 지쳐 있던 어느 날, 파블로 네루다의 《질문의 책》을 읽고 그의 질문법에 신선한 자극을 받았습니다. "나무들은 왜 뿌리의 찬란함을 숨기지?" "바다의 중심은 어디인가?"와 같이 선뜻 대답하기 어려운 질문들 말이지요.

그의 풍성한 상상과 아이 같은 질문에 익숙한 것도 다르게 보려고 노력했던 기억도 납니다. 《질문의 책》에서 저에게 와닿았던 구절은 "나였던 그 아이는 어디에 있을까, 아직 내 속에 있을까 아니면 사라졌을까?"라는 질문입니다. 내 안의 순수한 어린아이와 잘 대화하고 있는지, 주변의 인정과 기대에 순응하느라 원래의 나를 방치하고 있진 않은지, 파블로 네루다의 질문에 또 다른 저의 질문이 포개지는 순간이었지요.

나이와 상관없이 아이 같은 호기심을 가진 사람이라 하면, 저는 이탈리아 디자이너 알레산드로 멘디니가 떠오릅니다. 그는 스스로 "어린아이 같은 순수한 눈과 마음으로 관찰한 것을 제품으로 만들어낸다"라고 말하며 손자를 위한 '라물 아물레또'라는 조명뿐 아니라 생명력 강한 색채를 띤 실용적인 작품들을 탄생시켰습니다. 뛰어난 상상력과 유머로 사람을 웃고 울게 만드는 일본의 그림책 작가 요시타케 신스케를 비롯한 동서양 그림책 작가들의 시선도 사랑하지 않을 수 없습니다. 그들은 우리 안의 어린아이를 잊지 말라는 화두를 넌지시 던집니다.

저도 당신에게 질문을 건넵니다. 당신은 어떤 아이였나요? 지금 당신 안에는 여전히 그 아이가 존재하고 있나요?

1. 어릴 적부터 지금까지 줄곧 관심을 가져온 영역, 즐겁게 몰입했던 일은 무엇인가요?

2. 가족은 당신을 어떻게 기억하고 있나요? 가족들에게 당신의 어린 시절은 어떠했는지 물어보고 그들의 답변도 적어봅니다.

3. 어린 시절로 돌아갈 수 있다면, 언제로 돌아가고 싶나요? 그 이유는 무엇인가요?

마음속에 있는 어린아이를 소중히 여겨라. 그게 바로 청춘의 정체이기에. 그 아이가 앞으로의
인생을 엄청나게 풍요롭게 해준다.
헤르만 헤세, 독일 문학가

나를 스쳐온, 나를 거쳐온 누군가

최고의 스승을 만난다는 것은 세상에서 가장 아름다운
길을 천천히 걷는 것과 같다.

— 제임스 매튜 배리, 《피터 팬》 저자

우리는 타인과의 직간접적인 만남에서 내 안에 숨어 있던 뜻밖의 모습을 발견하기도 합니다.

미처 몰랐던 깊은 욕구가 건드려지기도 하고, 되고 싶은 내 모습을 상상하며 정체성을 확장하기도 하지요. 나에게 영향을 주는 사람은 문인, 선생님, 멘토나 음악가일 수도 있고 소설이나 영화 속 캐릭터일 수도 있지만 가슴 절절하게 사랑했던 연인이거나, 내가 살고자 하는 삶을 사는 동경의 대상일 수도 있습니다. 가족이란 공동체 안에서 신념과 가치관 같은 삶의 중요한 기준을 형성하기도 하지요. 부모가 되고서는 한 생명을 품고 기르며 내 안의 낯선 나, 내 안의 커다란 사랑과 더불어 결핍도 순간순간 마주하게 됩니다.

내가 동경하고, 관심 있게 지켜봐왔던 사람을 통해, 나에게 중요한 것을 찾게 되는 것이지요.

삶에는 때론 강렬하게 때론 잔잔하게 우리에게 영향을 준 사람들이 존재합니다. 그 사람들은 공통점으로 연결되어 있기도 하고, 생애주기와 삶의 궤적에 따라 내가 중요하게 지켜온 가치를 상징적으로 보여줍니다.

당신의 삶에 영향을 준 중요한 사람은 누구였나요? 그의 어떤 부분에 영향을 받았는지 차근히 재조명한다면, 당신이 갈망했거나 혹은 원치 않는 모습이 점점 뚜렷하게 윤곽을 드러낼 겁니다.

1. 당신 삶에 긍정적인 영향을 끼친 사람 3명은 누구인가요? (롤모델, 멘토, 위인, 연예인, 지인 등 그 누구여도 좋습니다)

2. 그들은 당신에게 어떤 영향을 끼쳤나요?

3. 그들에게 공통점이 있다면 적어봅니다. 그들의 공통점을 살펴보세요. 나는 어떤 사람에게 끌리나요?

나를 비춰주는 친구라는 거울

우리는 서로가 모르는 많은 일을 겪었다. 그걸 다 알지 못하며 설명할 수도 없다. 그럼에도 친구가 생각하는 '내 친구 혜리'는 내 안에 여전히 있고, 내가 기억하는 깡마르고 재능이 넘치는 친구가 지금의 그녀에게, 그리고 그녀의 좋은 배우자와 그녀가 낳은 아이 안에 여전히 존재한다. 나를 괜찮은 단짝으로 믿고 있는 열 살, 열한 살, 열두 살의 소녀가 계속 세상 어딘가에 있어준다면, 나는 어쩌면 아주 망가지지 않을 수도 있을 것이다.

— 김혜리, 〈씨네21〉 기자

거울은 나의 안팎을 여과 없이 비추는 도구로, 문학작품의 은유적 표현이나 심리학 용어로 자주 사용됩니다. 때로는 내가 아닌 타인이 비춰주는 거울을 통해 스스로가 더 또렷이 보이는 순간이 있습니다. 그들과 대화를 나누고 글을 주고받다가 스스로를 한 발자국 떨어져 바라보며 머릿속이 정리되기도 합니다. 내가 이런 생각을 해왔구나, 이런 감정을 느끼고 있구나, 지난날을 이렇게 해석하고 있구나, 하며 두루뭉술했던 것들이 선명해지기도 합니다.

또한 나를 오랫동안 지켜봐온 진실된 친구는 과거뿐 아니라 현재의 나를 비추는 맑은 거울이 되어줍니다. 삶의 다양한 장면에서 내가 어느 순간에 뛸 듯이 기뻐했는지, 낙담하고 슬퍼했는지, 베푸고 나누었는지를 알려주지요. 삶의 중요한 가치, 내가 느끼는 소소한 행복의 역사를 지켜봐온 나의 역사와도 같지요.

가장 나다운 순간을 함께한 친구는 내가 보지 못한 것을 직면하게 하고, 나를 앞으로 나아가게 하고, 깨닫게 하는 투명하고 찬란한 거울입니다.

이번 페이지는 친구와 지인에게 묻고 답을 구해야 합니다. 이 기회를 통해 타인의 눈에 비친 당신의 모습을 살펴보세요.

1. 친구들의 기억 속 나와 지금의 나는 어떤 모습인지 묻고 아래에 기록해보세요. 여러 명의 친구에게 물어도 좋습니다.

2. 친구에게 자신에 대한 이야기를 들으니 기분이 어떠한가요? 공통적으로 나오는 표현이나 키워드가 있다면 적어봅니다.

3. 강점 인터뷰: 친구나 지인 서너 명 혹은 소셜 미디어에 공개적으로 '나의 강점 3가지'를 묻고 그 답변을 기록해보세요.

지인 이름/관계	그가 말한 나의 강점	이유, 상황

4.　　1~3의 대답을 들으니 어떤 기분이 드나요? 새롭게 발견한 자신의 모습이 있다면 기록해보세요.

나를 향한 오롯한 질문들

분주한 일상에 자신을 던져놓아서는 안 됩니다. 애써
조용한 창가를 찾아 지금 나는 무엇을 하고 있는지,
어디를 향해 가고 있는지를 묻고, 그 질문에
대답해보아야 합니다.

— 헨리 프레데리크 아미엘Henri-Frederic Amiel, 스위스 철학자

바쁜 일상을 살아내다 보면, 자신을 차분하게 돌아볼 겨를 없이 살아가게 됩니다. 점차 몸과 마음이 소진되기도 하지요. 내가 나를 위해 살고 있는지 아니면 타인의 삶을 대신해 살고 있는지 공허한 마음이 들기도 합니다.

그럴 때마다 스위스의 철학자이자 문학자인 헨리 프레데리크 아미엘의 말처럼, 잠시 멈춰 호흡을 가다듬고 스스로를 돌아볼 시간이 필요합니다. 마음과 생각의 결을 정돈하고, 숨을 고르고, 방향을 재정비하는 시간 말이지요.

아미엘은 "사람에게는 단순함 그리고 순수함이라는 두 가지 날개가 존재한다"고 말합니다. 그는 이 두 날개를 통해 자기고백적 일기를 오랜 시간 썼고 혼란 속에서도 의식을 놓지 않으며 온전한 자신이 되어갔습니다.

복잡한 일상에서 잠시 비켜서 나를 비워내고 순수함을 채우는 시간을 미타임 me time (혼자만의 시간) 혹은 셀프 토크 self talk (자신과 대화하는 일)라고 합니다. 당신도 두 날개, 단순함과 순수함을 불러내어 성찰의 시간을 만들어보세요. 그 시간이 조금 더 특별해지도록 이름을 붙여봐도 좋겠죠. 가령 '나의 힐링 타임, 셀프 워크숍, 마음결을 정돈하는 시간, 내가 되는 시간' 등으로 말이지요.

그 시간 동안 무엇을 하면 좋을까요? 생각해보고, 시작해보세요. 내면에 귀 기울이며 밀도 있게 쌓아간 그 고요한 시간의 축적은 당신을 더 큰 존재로 만들어줄 테니까요.

1. 최근 혼자 있는 시간에 했던 일 중에서 가장 뜻깊었던 것은 무엇인가요?

2. 당신을 차분하게 만들어주는 집 안과 집 밖의 공간은 어디인가요?

3. 일주일 중, 당신만을 위한 시간을 갖는다면 언제가 좋을까요? 구체적인 요일과 시간을 정하면 효과가 더 큽니다. 그 시간에 특별한 이름을 붙여봐도 좋겠죠?

이 세상은 결코 해답을 주지 못해. 해답은 네 안에 있다는 걸 발견하게 될 거야.
알베르트 에스피노사Albert Espinosa, 스페인 작가8

기록, 나의 작은 박물관

당신이 더 나이 들었을 때 자기 자신과의 만남을 즐길 수 있도록 스스로에 대해 기록하라.

—장 자크 루소, 프랑스 사상가

얼마 전 아이디어가 떠오르지 않아 끙끙대다 예전에 노트에 적어둔 메모를 읽고 "유레카!"를 외친 적이 있습니다. 과거의 기록이 현재의 저를 도와준 순간이지요. 기록은 현재를 위한 유용한 아이디어를 던져주며, 소중한 기억을 박제해주기도 합니다. 예전에 이만큼이나 해냈다니, 지금은 더 잘할 수 있을 거라는 자신감을 주기도 하죠.

기록의 사전적 정의는 "주로 후일에 남길 목적으로 어떤 사실을 적음. 혹은 그러한 글"입니다. 미래의 나에게 들려주는 지금 이 순간의 생각과 목소리이기도 한 것이지요. 기록이 기억을 지배하듯, 공들여 흔적을 남기지 않으면 휘발되어버리는 것이 많습니다. 기록의 조각은 생각의 흐름을 만들고, 그 궤적이 '나'를 잃지 않게 만듭니다.

당신에게 기록은 어떤 의미인가요? 기록을 자주 하고 있나요? 좋아하는 것에서, 부담없는 것부터 기록을 더 자주 남겨보세요. 글쓰기가 어렵다면 사진이나 영상, 음성으로 남길 수도 있고, 매일의 운동 일지, 책의 좋은 구절, 오늘 들었던 기분 좋은 말, 오늘 하루의 감정 흐름, 내가 좋아하는 카페나 식물 관찰일기 같이 끌리는 무언가에서 시작할 수도 있겠죠. 좋아하는 것, 내가 반응하는 것에서부터 출발한다면 나에 대한 감각도 또렷해집니다. SNS에 공개적으로 기록한다면 비슷한 관심사를 가진 사람들과 연결되어 다양한 기회도 만들어지겠죠.

기록은 나의 인생 포트폴리오, 역사 박물관이 되어 당신을 지켜줄 겁니다. 그러니, 소중한 삶의 궤적을 부지런히 기록해볼까요? 당신 스스로를 위한 뮤즈가, 나아가 누군가에게도 영감을 주는 뮤즈가 기꺼이 되어보세요.

1. 그동안 주로 어떤 기록을 해왔나요? 그 기록이 당신에게 준 영향은 무엇인가요?

2. 당신이 가장 즐겁게, 나답게 기록하는 도구는 무엇인가요? (특정 SNS 채널, 노트, 사진 등)

3. 꾸준한 기록을 위해서 당신에게 필요한 것은 무엇일까요? 오늘부터 시작하면 좋을 계획, 지금 느껴지는 감정을 이 공간에 '기록'해보세요.

기록한다는 것은 조수간만처럼 끊임없이 침식해 들어오는 인생의 무의미에 맞서는 일이기도 하죠.
김영하, 소설가

나만이 할 수 있는 이야기

네가 해내지 못할 거란 말은 절대 믿으면 안 돼.
꿈이 있다면, 그걸 지켜야 해.

— 영화 〈행복을 찾아서〉

우리 모두는 자신만의 경험과 해석으로 빚어온 이야기를 갖고 있습니다. 나와 누군가의 가슴에서 살아 숨 쉬는 강한 생명력을 가진 이야기 말이지요.

별처럼 많은 이야기를 수놓고 떠난 이어령의 책 《마지막 수업》에 이런 구절이 있습니다. "가장 부유한 삶은 이야기가 있는 삶이라네. 스토리텔링을 얼마나 갖고 있느냐가 그 사람의 럭셔리지." 개인의 이야기가 얼마나 귀한 삶의 자산인지 느끼게 하는 문장입니다.

현 시점에서 재구성되고 재해석된 이야기는 분명 나다운 삶을 살아갈 핵심 단서가 되어줍니다. 서사 정체성 narrative identity 을 연구하는 심리학자 댄 맥아담스가 "삶은 이야기고, 이야기는 나의 아이덴티티다"라고 말했을 만큼 이야기는 정체성을 구성하는 큰 요소입니다. 시간을 갖고 내 인생에서 가장 인상적이었던 장면, 내가 가장 빛났던 때, 용기 있게 도전하고 어려움을 극복했던 일 등, 지금의 나를 만든 삶의 이야기를 기록해보세요. 어린 시절부터 지금까지 타임라인 순으로 기록해도 좋고, 중요한 장면은 그림으로 그려도 좋습니다. 그때 발휘된 강점, 그 일을 통해 배운 점을 기록해두면 더 좋겠지요. 그리고 그 이야기가 당신에게 어떤 의미가 있는지 곰곰이 생각해봅니다.

스스로를 위한 스토리텔러가 되어 당신만의 서사를 더 많이 기록하고 들려주세요. 당신에게 인상적인 이야기는 타인에게도 의미 있게 닿는답니다. 당신의 이야기는 그럴 가치가 충분하니까요.

1. 지금의 당신을 만든 중요한 세 가지 이야기는 무엇인가요? 그 일은 언제 일어났고, 어떤 일이었나요?

2. 그 일은 당신에게 어떤 의미가 있나요? (ex. 내 인생 최고의 선택, 가장 가슴이 뜨거웠던 순간, 후회되는 순간, 스스로가 자랑스러웠던 순간 등)

3. 세 가지 이야기 중, 지금의 당신을 만든 결정적인 사건 한 가지를 꼽아봅니다. 그 이야기를 영화로 만든다면 어떤 제목이 어울릴까요? .

달처럼 빛나는, 달처럼 영롱한

완전해야만 빛나는 것은 아니다. 너는 너의 안에 언제나 빛날 수 있는 너를 가지고 있다. 겉으로 보이는 너보다 더 큰 너를.

─류시화, 시인

달은 본디 회색빛을 띠어 명암도 일정치 않고, 표면도 울퉁불퉁 거칩니다. 하지만 궤도를 이탈하지 않고, 묵묵히 우리 곁을 지키며 빛을 내지요. 자연의 이치에 따라 그 모습은 변하기도 하고, 구름에 가려 온전한 빛을 내지 못할 때도 있지만, 언제나 제자리를 지킵니다.

이런 달의 모습은 우리 안의 잠재력이나 고유한 빛깔과 닮았다는 생각이 듭니다. 온전히 바라보지 못했을 뿐, 잠시 어둠에 가려 있었을 뿐 우리 안에는 무한한 가능성이 영롱하게 자리 잡고 있으니까요. 세공되지 않아 본연의 아름다움을 품은 원석의 모습처럼 말이지요.

때론 태양처럼 뜨거운 타인의 빛에 압도되어, 내 안의 빛을 보지 못하거나 스스로가 작게만 느껴질 때도 있습니다. 하지만 우리는 저마다의 모습과 저마다의 빛깔로 살아가는 개별적인 존재입니다. 그러니 자신에게 가장 든든한 벗이 되어주세요.

내 안의 힘을 믿고 나아가다 보면, 미래의 어느 날 당신이 생각하는 것보다 더 큰 당신을 만나게 될 겁니다. 겉으로 보이는 것보다 더 찬란한 당신 말이죠.

1. 당신이 생각했던 것 이상으로 좋은 성과를 얻은 경험을 떠올려봅니다.

2. 그때 당신에게 발휘된 강점, 재능은 무엇이었나요?

3. 아직 발휘되진 않았지만 꺼내어 쓰고 싶은 당신의 잠재력이 있다면 적어봅니다.

내가 가장 사랑하는, 일

내가 무얼 가장 좋아하는지 저번에 물었지?
그때 뜨개질이라 대답했지만, 아무래도 내가 가장
좋아하는 건 내 일이야.

— 하정, 작가[9]

하정의 에세이 《장래희망은, 귀여운 할머니》에는 덴마크 가족과 함께 지낸 어느 여름날의 기록이 담겨 있습니다. 주인공인 아네뜨는 73세로, 은발의 귀여운 할머니입니다. 가족의 정서를 중요하게 여기는 사려 깊고 온화한 사람입니다.

　　아네뜨의 취향과 태도에 배운 점이 많았지만, 그중 가장 인상적이었던 점은 백발의 그녀가 가장 사랑하는 일은 바로 자신의 일이라고 고백했던 지점입니다. 그녀는 취향을 즐기고, 가족을 정성껏 돌보면서 자신의 이름을 딴 주얼리 브랜드를 운영하는 대표이자 디자이너입니다. "좋아하는 일이 삶을 밀고 나간다"라는 책 속 문장처럼, 아네뜨가 삶을 더 사랑하며 귀여운 할머니가 될 수 있는 것은 바로 공들여 가꿔가는 '일'이 있었기 때문일 거라 생각됩니다.

　　심리학자 프로이트는 "일과 사랑, 사랑과 일. 그것이 삶의 전부다"라는 말을 남겼습니다. 일이란 직업과 생계의 수단을 넘어 인격적 성숙과 성장, 사회적 기여, 자기탐구와 표현, 삶의 의미와도 연결됩니다. 가족을 사랑하는 만큼 자기 자신으로 우뚝 서서 '나'를 키워가야 하는 까닭이지요.

　　당신에게 일이란 어떤 의미인지, 일을 통해 배운 것과 앞으로 더 깊이 해보고 싶은 일은 무엇인지 생각해봐도 좋겠습니다.

1. 당신에게 일은 어떤 의미를 갖나요?

2. 일을 통해 가장 많이 성장한 것이 있다면 무엇인가요?

3. 당신이 그동안 했던 일(직업, 좋아하는 일, 잘하는 일 등)을 통해 발견한 '나'는 어떤 사람인가요?

아름다움은 나다움의 다른 이름

아름다움은 가장 나다워지기로 결심한 순간 시작된다.

— 코코 샤넬, 프랑스의 패션 디자이너

    샤넬의 창립자이자 브랜드의 뿌리인 가브리엘 코코 샤넬은 자신의 열망과 재능이 무엇인지 알고 실행하는 현명한 여성이였습니다. 비즈니스 감각과 미적 감각으로 현대 여성의 패션 취향과 애티튜드뿐 아니라 패션 산업에 독보적인 영향력을 발휘했습니다.

    한 사람을 완성하는 것은 '나다움'이며, 아름다움은 가장 나다워지기로 결심한 순간 시작된다는 그녀의 우아하고 창조적인 정신은 클래식과 트렌드, 동시대와 미래, 현실과 가상의 세계를 오가며 샤넬의 정체성을 공고히 합니다. 여성의 움직임을 자유롭게 하는 옷을 제작하며, 생각의 확장과 자유를 선물했지요. 그렇게 자유롭고 깨어 있는 여성의 표본이 되었습니다.

    그녀가 압도적인 패션 아이콘으로 여성들의 마음에 깊게 침투할 수 있었던 것은, 그녀 자신이 진취적이고 독립적인 여성으로 철학과 가치를 실현했기 때문일 겁니다. 어린 시절부터 플라톤의 철학서와 셰익스피어의 문학을 곁에 두고, 성인이 되어서는 피카소, 르누아르와 같은 세기의 예술가들과 교류하며 그들에게 받은 영감을 자신의 브랜드에 고스란히 이식시킨 코코 샤넬.
    '아름다움은 바로 나다운 것에서 시작한다'는 그녀의 세계관을 다시 되뇌게 됩니다.

1. 당신이 가장 중요하게 생각하는 삶의 가치는 무엇인가요?

2. 당신의 가치, 생각을 닮은 브랜드나 사람이 있다면 적어봅니다. 그 브랜드/인물을 떠올리면 어떤 느낌이 드나요? (ex. 이솝 : 예술성과 심미성이 돋보이며, 간결하고 일관된 브랜드 분위기가 마음에 든다.)

3. 당신의 가치를 기억하기 쉽도록 하나의 문장 혹은 광고 슬로건처럼 만들어본다면 어떻게 만들 수 있을까요?

여자들이 아름답고 자유로워지길 바랍니다. 그들만의 여유를 가지고요.
코코 샤넬, 1959년 〈엘르〉 인터뷰

오직 나로 존재하는 일

일반명사가 아니라 고유명사로 존재할 때만 자기가
자기로 존재합니다. 일반의 구속에서 벗어나 오로지
'나'라는 고유명사로 돌아오길 바랍니다.

— 최진석, 철학자

"나는 누구일까, 대체 불가능한 존재로 살아가고 있는가"라는 거대한 삶의 질문에 나의 언어와 삶으로 답하기 위해, 우리는 이토록 치열하게 살아가는 것 아닐까요? 공장에서 찍어낸 천편일률적인 기성복을 입은 모습이 아니라 나만의 색깔과 취향으로 단 하나뿐인 옷을 입은 내가 되기 위해서 말이지요. 어느 회사의 직원, 누구의 엄마, 누구의 아내, 딸… 역할과 의무로서의 내가 아닌 정말 내가 좋아하는 것, 나를 움직이는 것을 감각하기 위해 오늘도 많은 이들이 읽고 기록하고 경험하며 살아갑니다.

인문학자인 최진석 교수는 책 《인간이 그리는 무늬》에서 우리는 일반명사가 아닌 고유명사가 되어야 한다고 힘주어 말합니다. 독립적 주체의 확립 없이는 창의적인 삶, 즉 인간적 성숙, 미학적 삶, 행복과 자유는 불가능하기에 자기 자신으로 돌아오라 거듭 강조하지요.

"너 자신을 알라", "지혜는 자기 자신을 아는 데서 시작한다"라는 말을 남긴 고대 그리스의 소크라테스 시대부터 지금까지 정체성과 주체성은 인간의 오랜 화두이자 과제이지요. 타인을 이해하고 세상을 이해하기에 앞서, 나라는 존재에 대한 깊은 이해, 즉 자기 인식self-awareness은 자기다움의 출발점입니다. 어렵고 손에 잡히지 않을 때도 많지만, 삶이 공허해지거나 답답해질수록 나의 정체성을 묻고 또 물으며 스스로 답을 만드는 힘을 길러가야 합니다. 질문 속에 발견하고 깨달은 답을 삶에서 실천하며 온전히 내 것으로 만들어갈 때, 우리는 비로소 자유와 행복에 가까워집니다.

1. 당신이 생각하는 당신만의 차별점, 고유한 매력은 무엇인가요?

2. 매력과 차별점을 발휘했던 경험을 적어봅니다.

3. 나를 이해하고, 더 나다워지기 위해서 가장 많이 하고 있는 것은 무엇인가요?

나답게 산다는 건 '온리 원', 그 사람만이 가지고 있는 것을 잃지 않고 산다는 거예요.
남과 구별됨으로써 자기만의 삶을 살 수 있는 것이지.

이어령, 문학평론가

우주를 탐험하는 마음으로

그대 눈을 안으로 돌려보라.
그러면 그대의 마음 속에서 여태껏 발견하지 못하던
천 개의 지역을 찾아내리라.
그곳을 답사하라.
그리고 자기 자신이라는 우주학의 전문가가 되라.

—헨리 데이비드 소로, 미국 사상가

《월든》의 저자 헨리 데이비드 소로는 모두가 선망하는 하버드대학의 수재였지만 사회가 만든 관습에서 벗어나 고요한 호숫가에서 자신의 내면을 살피며 살았습니다. 그는 자연을 깊이 감각하고 사랑하며, 생태학에 관심을 쏟고, 자신의 목소리에 귀 기울이고 글을 통해 자신의 생각을 표현했습니다. 스펙이나 사회의 기준, 무분별한 소유에서 자신을 해방시키고, 유유하고 맑은 시선으로 내면에 풍요로움을 쌓는 용기와 지혜를 발휘했습니다. 직접 나무를 베어 오두막집을 짓고, 간결하고 검소하게 생활하며 자연이 선사하는 경이로움을 누리고 기록했습니다.

삶을 향한 그의 태도는 현대인이 얼마나 많은 것을 잊거나 놓치고 사는지 돌아보게 합니다. 비록 그처럼 훌쩍 숲속 호숫가로 떠나 오래도록 머무를 수는 없지만, 무분별하게 밖으로 맞춰놓은 마음의 안테나를 안으로 돌리는 일은 시도해볼 수 있겠지요.

내 안을 고요한 호수처럼 바라보고 마음속의 싱그러운 월든을 가꾸는 내면의 산책을 하며 소비적인 삶보다는 내 안을 가꾸는 창조적인 삶을 살아갈 수 있습니다. 시인 라이너 마리아 릴케는 삶의 진정한 여정은 내 안의 나를 찾아가는 여정이라 말합니다.

그 어떤 여정보다 의미 있을 '나'라는 세계를 담대하게 탐험해보는 것은 어떨까요?

1. 평소 홀로 있을 때 무엇을 즐겨 하나요?

2. 만약 일 년 동안 원하는 곳에서 살 수 있다면 어디에서 무엇을 경험하고 싶나요?

3. 그곳에서 살아보고 싶은 이유는 무엇인지 적어봅니다.

푸르른 혼돈을 품고

너의 혼돈을 사랑하라. 너의 다름을 사랑하라.
너를 유일한 존재로 만드는 것을 사랑하라.

—알베르트 에스피노사, 스페인 작가[10]

만약 살날이 사흘밖에 남지 않았다면 당신은 어떤 모습으로 살아갈 것 같나요?

이 질문은 스페인 작가 알베르트 에스피노사의 《푸른 세계》를 읽고 떠오른 물음입니다. 책에서는 살날이 고작 사흘밖에 남지 않은 소년이 삶과 죽음 사이의 거대한 경계를 여행하며 진정한 삶이 무엇인지 깨닫는 여정이 담겨 있습니다. 책의 저자는 실제로 어린 시절 암 선고를 받고 생사를 넘나드는 대혼돈을 겪었다고 합니다. 고통 속에서 꿋꿋이 살아났고 자전적 경험을 글로 승화하며 많은 이들에게 혼돈의 아름다움을 전하고 있습니다.

어른이 된 우리도 무수한 혼돈을 경험합니다. 삶과 일의 책임과 무게감, 해결해야 할 이슈는 더 커지기만 하지요. 혼돈 속에 흔들릴 때, 그 순간을 사랑하고 껴안는 일이 쉽지만은 않습니다. 하지만, 흔들린다는 것은 기계적인 삶이 아니라 생생하게 살아 있는 삶의 역동을 경험하고 있다는 말이기도 합니다. 때론 미세한 진동이, 때론 잔잔하게 물결치는 파동이, 때론 거세게 나를 삼켜버릴 것 같은 파도 같은 움직임은 우리를 멈추지 않고 나아가게 합니다. 그 움직임 속에서 진정한 성숙이 이뤄지는 것이지요.

한바탕 요동치던 혼돈이 차분히 가라앉고 나면, 마치 고운 체에 걸러지듯 나의 본질과 마주하게 됩니다. 여러 차례의 혼돈을 겪고서야 그 경험이 우리를 유일무이한 존재로 만든다는 것을 알게 될 테지요.

1. 요즘 당신은 무엇에 가장 많이 흔들리나요? 당신을 혼란스럽게 하는 타인의 말,
    상황이 떠오른다면 적어보세요.

2. 혼돈 속에서 발견한 당신의 감정, 생각은 무엇인가요?

3. 혼돈의 경험을 통해 배운 것, 깨달은 것이 있다면 적어봅니다.

그 누구도 아닌 자기 걸음으로 걸어라. 나는 독특하다는 것을 믿어라. 누구나 몰려가는 줄에 설
필요는 없다. 자신만의 걸음으로 자기 길을 가거라.
영화 〈죽은 시인의 사회〉

취향에 취해보기

돌아보면 부러웠던 것, 갖고 싶었던 것은 멋진 집이나
비싼 가구가 아니라 '취향'이었습니다. '취향'이 집약된
공간에 언뜻언뜻 보이던 탐나는 삶의 방식 같은 것.
취향이 아니고서야 설명될 수 없는 것들 말이죠.

— 최고요, 작가[11]

우리는 취향이 자본이 되고 문화가 되는 시대에 살고 있습니다. 개개인의 개성과 관점이 존중받고, 취향 기반으로 영화, 드라마, 책 등의 콘텐츠를 추천하는 구독 서비스가 늘고 있지요. 주인의 관심사와 기준에 따라 책을 큐레이션한 독립서점부터 편집숍, 취향이 반영된 문구 브랜드, 가전과 가구 브랜드도 많아지고 취향 공동체의 인기도 매우 뜨겁습니다.

취향에 대한 탐미와 탐색은 정체성과 긴밀히 연결되어 있습니다. 내가 꾸준히 심취해왔던 것, 새롭게 관심이 생긴 것, 문득 와닿는 것들을 탐색하고, 경험하고, 모아보고, 재조합하다 보면 나라는 사람이 보이게 되니까요. 꾸준히 쌓인 나의 관점과 안목, 취향의 결은 감각과 '취향 자본'이 되어 다양한 기회로 이어지거나 새로운 업으로 확장되기도 합니다.

당신은 어떤 것을 경험하고 깊게 파고들었나요? 어떤 콘텐츠를 주로 구독하고 있나요? 요즘 마음이 가는 책, 공간, 사물, 음악, 사람, 음식, 패션, 영화, 향기, 자연, 컬러와 무드는 무엇인가요? 당신의 감각을 활짝 열어 당신에게 활력을 주는 것, 당신을 당신답게 만드는 것들을 가만히 떠올려보세요. 그 흐름을 따라가다 보면 당신만의 취향 데이터가 수집될 겁니다.

나를 더 알아가고, 아끼고 싶다면 내가 좋아하는 것을 꾸준히 탐색하고 자신의 것으로 만들어보세요. 취향이 분명한 사람은 매력적이니까요.

1. 같은 카페를 가더라도 각자의 취향과 시선에 따라 더 깊게 들어오는 것이 달라집니다. 누군가는 커피 원두의 원산지와 풍미를 보고, 누군가는 찻잔의 디자인, 카페의 인테리어와 소품, 가구에 관심을 갖고, 누군가는 카페에서 풍기는 음악과 향기에, 누군가는 주인 자체의 취향과 안목에, 누군가는 큐레이션된 책과 잡지를 좋아합니다. 이처럼 우리는 같은 장소도 취향에 따라 음미하는 바가 다르지요. 여러분의 취향 목록을 적어볼까요? 직관적으로 적어보세요. 바로 떠오르지 않는 건 나중에 적어도 좋습니다.

    1) 영화 장르

    2) 음악(악기와 가수, 작곡가 등)

    3) 음식(플레이팅, 식감 등)

    4) 공간(좋아하는 나라, 도시, 장소)

    5) 향기(주로 어떤 향기에 반응하거나 편안함을 느끼는지)

    6) 패션과 라이프 스타일

    7) 미술(좋아하는 화풍, 화가)

    8) 인테리어(좋아하는 유형의 가구, 소품, 컬러 등)

2.   취향 목록을 보니 나는 무엇을 좋아하는 사람 같나요?

3.   취향 탐색을 위해 앞으로 해보고 싶은 것은 무엇인가요?

나를 닮은 곳, 나를 담는 곳

집은 나의 삶을 담는 그릇입니다.
집이 곧 자신이고, 자신이 곧 집인 것이죠.

—B Media Company, 〈매거진 B: The Home〉[12]

누군가의 집을 방문했을 때 그 공간의 에너지와 분위기, 수집된 물건, 흘러나오는 음악, 식물, 읽고 있는 책을 보며 그가 어떤 성향의 사람인지 더 깊이 이해하곤 합니다. 공간은 한 사람이 살아온 삶의 이야기, 성격, 취향이 압축된 작은 우주와 같기 때문이지요. 집은 미적 가치나 주거의 이유, 경제적 효용을 넘어 한 사람의 삶을 담아내는 공간이 되었습니다.

독일의 공간심리학자 바바라 페어팔Barbara Perfahl은 저서 《공간의 심리학》에서 "집은 나의 또 다른 인격이다"라고 말했고, 철학자 알랭 드 보통Alain de Botton은 《행복의 건축》에서 "공간이 그 안에 살고 있는 사람의 희망과 일치했을 때 그곳을 집이라고 한다"고 말합니다. 공간이 정서와 정체성을 형성하고 나라는 사람을 드러내는 중요한 역할을 한다는 것이지요.

당신을 가장 잘 보여주는 곳, 당신의 공간은 당신과 얼마나 닮아 있나요? 당신의 생각과 감정, 관심사와 스토리, 추억으로 채워져 있나요?

공간은 나다움이 투영된 것으로, 자기를 발견하고 표현하는 삶의 그릇입니다. 내가 누구인지를 알 수 있는 곳, 살고 싶은 삶을 보여주는 곳으로 확장되겠지요. 집이라는 삶의 그릇을 당신답게 가꿔보면 어떨까요? 채울 것과 비울 것, 설레는 것과 오래도록 방치해둔 것들을 구별하며 고유한 나의 공간으로 정돈해보세요. 나를 다독이는 안식처이자 창조성이 피어나는 장소가 될 테니까요.

1. 평소 끌리는 공간들을 적어봅니다. 카페, 박물관, 책방, 미술관, 누군가의 집 등이 있겠지요. 당신의 공간 취향을 적어보세요. 혹시 생각이 잘 나지 않는다면 즐겨 가는 카페, 인상적이었던 누군가의 집, 영화나 잡지 속의 공간들을 떠올려보세요.

2. 만약 당신의 공간을 마음껏 꾸밀 수 있다면, 어떻게 가꾸고 싶나요? '나다운 공간' 의 모습을 묘사해봅니다. (그려봐도 좋습니다)

3. 원하는 공간을 만들기 위해 오늘부터 해보면 좋을 변화와 시도는 무엇일까요?

내 안의 빛과 그림자

어둠을 그리려면 빛을 그려야 해요.
빛을 그리려면 어둠을 그려야 합니다.

— 밥 로스Bob Ross, 미국 화가

아주 오래전, EBS에서 밥 로스의 〈그림을 그립시다〉라는 프로그램이 인기리에 방영되었습니다. 흡사 헬멧과도 같은 풍성한 갈색 곱슬머리에 하늘색 남방과 청바지를 입고 "참 쉽죠~? 여러분도 할 수 있습니다"라고 말하던 밥 로스의 손을 거치면, 캔버스 위에 대자연이 마법처럼 펼쳐지곤 했답니다. 생동감 있는 디테일도 놀랍고 신기했지만, 따뜻한 말을 건네며 그림을 그리던 그는 삶의 태도를 알려주는 철학자이자 스토리텔러였습니다.

특히 "어둠을 그리려면 빛을 그려야 하고 빛을 그리려면 어둠을 그려야 한다"라는 말과 함께 명암을 조화롭게 보완하며 그림을 완성해가는 모습이 신비로웠습니다.

그리고 어른이 되서야, 그 말이 우리의 삶에도 적용된다는 것을 깨닫습니다. 빛과 그림자는 대립되는 것이 아니라 공존하며 서로를 돕는다는 것을요. 빛이 내리쬐는 한여름의 햇살 아래 시원한 그림자가 우릴 쉬어가게 하듯, 빛이 커질수록 그림자도 커지는 것이 자연의 이치이듯, 나의 빛과 그림자를 모두 아껴줄 때 나는 비로소 더 큰 창조성과 해방감을 얻게 될 테니까요.

1. 당신이 생각하는 당신의 밝은 점은 무엇인가요?

2. 어두운 부분이지만 당신이 사랑하는 모습이 있다면 적어봅니다.

3. 1, 2의 두 가지 모습을 가진 자신의 보니, 어떤 마음이 드나요?

영혼의 지도를 그리며

살면서 누릴 수 있는 최고의 특권은 진정한 자신이 되는
것이다.

─카를 구스타프 융, 스위스 심리학자

나는 누구인가. 평생 물어온 질문. 아마 평생 정답은 찾지 못할 그 질문.

"나는 누구인가"라는 본질적 질문으로 시작하는 이 문장은 BTS가 2019년에 발표한 곡 'Intro : Persona'의 가사 일부입니다. 이 노래가 담긴 앨범은 분석심리학자 카를 구스타프 융을 연구하는 머리 스타인의 저서 《융의 영혼의 지도》에서 영감을 받아 기획되었다고 하는데요. 자아와 삶에 대한 진지한 고민이 담긴 철학적 메시지에 전 세계의 팬들은 열광했고 '내가 원하는 나'와 '사회가 원하는 나' 사이에서 방황하던 밀레니얼 세대의 큰 호응을 받았습니다.

페르소나는 겉으로 드러나는 사회적 가면을, 그림자는 내면의 어둠, 무의식을 말합니다. 세상에 보여주고 싶은 사회적인 자아도 중요하지만, 자신을 지나치게 억압하게 되면 허약하고 비대칭적인 모습을 지닌 채 살아가게 됩니다. 페르소나와 그림자의 간극이 커질수록, 정서적 허기와 불안이 커지게 되는 것이지요.

융은 "사람은 빛을 추구한다고 밝아지는 것이 아니라 어둠을 의식화해야 밝아진다"고 말합니다. 어두운 기억이나 상처를 꺼내는 일은 쉽지 않지만, 그것을 대면하는 용기를 가질 때 우리는 더 깊고 온전한 행복의 주체가 될 수 있습니다. 융이 말한 "진정한 나 자신"이 되는 특권을 누리며 사는 것에도 용기가 필요한 일이지요. 하지만 화려한 가면 뒤에 묻어둔 상처, 아픔을 인지하고 극복해갈 때, 우리는 비로소 성숙한 자아로 거듭나게 됩니다.

1. 남들에게 보여주고 싶은 내 모습, 내가 의식하고 있는 내 모습을 적어봅니다.

2. 직장, 나이, 역할(부모, 딸, 대리 등), 사는 곳 등 사회적인 명함을 떼고 진짜 나를 소개해보세요. 나는 무엇을 좋아하고 무엇을 추구하는 사람인가요?

3. 회피하거나 숨기고 있는 나의 상처나 열등감은 무엇인가요? 그 모습을 자연스럽게 나의 일부로 받아들이기 위해 필요한 것은 무엇일까요?

세상에서 가장 위대한 것은 나답게 되는 법을 아는 것이다.
미셸 드 몽테뉴Michel de Montaigne, 프랑스 사상가

나로 이르는 길, 내가 이루는 길

미래에 우리가 죽음을 앞두고 스스로의 삶을 평가할 때
적용되어야 할 평가 기준은 무엇일까요? 그때의 평가
기준은 돈을 얼마나 벌었느냐, 얼마나 사회적 명예를
누렸느냐, 누가 오래 살았느냐의 문제는 아닙니다. 제가
보기에 보다 근본적인 평가 기준은, 누가 좋은 인생의
이야기를 가지고 있느냐는 것입니다.

— 김영민, '추석이란 무엇인가' 필자·정치학자

헤르만 헤세의 소설 《데미안》은 어른이 되어 다시 읽고서 더 진한 여운을 느낀 책입니다. 주인공 싱클레어가 데미안을 만나 성장하는 여정은 내 안에 솟아나는 것에 귀 기울이는 용기, 자신의 길을 만들어가는 창조성의 가치를 일깨워주지요.

엄격한 집안 환경, 규범, 역할에 맞춰 살아가느라 강한 사회적 가면 ego(사회적 자기)을 쓰고 있던 싱클레어의 모습은 현대인 대부분의 모습과도 오버랩됩니다. 반면 데미안은 사람의 마음을 꿰뚫어보며 자신의 길을 꿋꿋이 걸어가는 구도자이자 참된 자기self(내면적 자기)의 모습으로 비춰집니다.

저는 저의 부족함 앞에서 한없이 작아질 때마다 만약 헤르만 헤세와 데미안이 제 눈앞에 있다면 저에게 어떤 말을 건네줄까 상상의 대화를 해보곤 합니다. 제 안의 비판자가 슬그머니 나타날 때, 제 안의 또 다른 다정한 이가 등장하여 저에게 해주는 말을 기록해보기도 합니다.

"취약점 속에 너의 갈망을 발견했다면 그걸로 의미 있어. 부족한 면까지 끌어안을 때 너는 진짜 네가 된단다. 이 모든 과정에 최선을 다했고, 너다웠다면 괜찮아. 진정으로 너를 만나고 있다면, 앞으로 더 창조하고 싶은 것이 무엇인지 발견했다면 충분해. 지금의 그 감정과 생생한 감각, 생각을 기억하고 기록하렴. 네 안의 세계는 분명 넓어지고 있다는 것을 잊지 말길. 너는 다른 누군가처럼 되어야 하는 것이 아니라, 너 자신이 되어야 하니까. 그리고 가장 지혜롭고 다정한 존재는 이미 네 안에 있단다"라고 말이죠.

《데미안》의 한 구절처럼, 우리 마음속에는 모든 것을 다 알고, 모든 것을 원하고 우리 자신보다 모든 것을 더 잘 해내는 누군가가 살고 있다고 믿습니다. 내가 믿지 않고 있을 뿐이죠. 스스로에 대한 평가와 비판의 마음이 올라올 때, 당신 안의 데미안은 어떤 말을 해줄까요? 이제 당신 안에 존재하는 데미안을 꺼내어 스스로에게 지혜로운 말을 건네보세요.

1. 다른 사람을 지나치게 신경 쓰고, 타인과 비슷해지기 위해 소모적인 에너지를 쓰거나 눈치를 보는 일이 있다면 적어봅니다.

2. 나다운 모습을 갖기 위해 당신이 뛰어넘고 깨뜨려야 할 생각은 무엇인가요?

3. 무엇이든 할 수 있는 가능성과 잠재력을 가지고 있다면 가장 해보고 싶은 일은 무엇인가요?

생각을 빚으며, 나에게 닿으며

생각이란 영혼이 영혼 스스로와 나누는 대화이다.

— 플라톤, 고대 그리스 철학자

철학자나 사상가뿐 아니라 오래도록 사랑받는 기업의 대표나 경영자들은 사색의 힘을 알고 실천하는 이들입니다. 물리적으로 바쁜 것을 삶의 척도로 삼지 않고, 본질적 가치에 집중해 중요한 일을 선별함으로써 최상의 결과를 이루어냅니다.

마이크로소프트의 창업자이자 공익사업가인 빌 게이츠는 주기적으로 '생각 주간think week'을 갖는 것으로도 유명하지요. 그는 1년에 한두 번씩 워싱턴주 후드 운하 근처의 작은 오두막에 일주일 동안 머물며 온전히 자신에게 집중한다고 합니다. 가족, 직원 그리고 기술과 문명까지 혼란스러운 것과 철저히 분리되어 소박하고 정갈한 음식을 먹고, 명상을 하거나 책을 읽는가 하면, 산책과 함께 생각을 정리하고 새로운 아이디어를 구상한다고 합니다. 수십 년간 지켜온 '생각 주간'은 그를 삶과 일의 탁월한 리더로 만드는 뿌리이자 원동력이 되었겠지요.

몸과 마음, 영혼이 조화롭게 공존할 때 의미 있는 성취와 진정한 나다움이 실현됩니다. 분주하게 하루를 소진하는 것이 아니라, 잠시 멈춰 나를 돌아보는 생각의 시간은 삶의 그릇을 더 깊고 단단하게 빚어줍니다.

당신은 요즘 무엇을 골똘히 생각하고 있나요? 혹시 바쁨 속에 무언가 놓친 생각이 든다면, 당신의 의식을 한 차원 높은 단계로 올리고 싶다면, 정돈하고 깊이를 빚어내는 시간을 가져보면 어떨까요? 그 시간 속에서 '나라는 세계'는 더 유연하고 공고해질 테니까요.

1. 당신의 생각을 한 차원 높여준 사람이나 책 또는 경험은 무엇이었나요?

2. 최근에 깊이 생각하고 있는 주제가 있다면, 그것은 무엇인가요?

3. 그 주제를 탐구하기 위해 어떤 도움이 필요할까요? (사람, 자료, 책 등 필요한 것을 적어 봅니다)

스스로를 찬찬히 들여다볼 수만 있다면 우리는 세계를 읽어낼 수 있습니다.
마루야마 겐지, 일본 소설가

몰입, 행복에 가까운 즐거움

내 인생의 주인공은 나라는 강렬한 자각. 바로 이런
느낌이 우리가 염원하는 행복에 가장 가까운 상태가
아닐까?

— 미하이 칙센트미하이, 미국 긍정심리학자[13]

무언가에 몰입하는 사람을 보면, 그에게서 뿜어져 나오는 에너지에 전율이 일곤 합니다. 저에게는 피아니스트 조성진이 그중 한 명인데요. 그가 한 인터뷰에서 "저는 제가 행복했으면 좋겠는데, 좋은 연주를 하는 게 저한테 많은 행복을 주는 것 같아요"라고 말하는 것을 보며, 《몰입》의 저자 긍정심리학자 미하이 칙센트미하이의 "행복에 가까운 상태"의 정의가 떠올랐습니다.

칙센트미하이는 몰입의 순간flow(최적경험상태)을 통해 내적 세계가 확장되고 인생의 주인공이 되는 강렬한 자각을 할 수 있다고 합니다. 그는 "몰입은 의식이 경험으로 꽉 차 있는 상태다. 이때 각각의 경험은 서로 조화를 이룬다. 느끼는 것, 바라는 것, 생각하는 것이 하나로 어우러진다"는 것입니다.

몰입은 재미나 단순한 쾌락과는 또 다른 차원의 감각입니다. 사람은 몰입이 고조될 때 성장과 창조를 일으키는 "최적경험"을 맛보게 됩니다. 물 흐르듯 빠져드는 몰입 속에서 최고의 행복감을 느끼며, 깊이 열중하게 됩니다. 몰입에 이르는 행동은 운동일 수도 있고, 독서나 글쓰기 등 모든 창조 활동이나 지적 활동까지 해당됩니다. 바둑, 춤, 연주, 등산 등 목표가 분명하고 기술이 필요한 일, 의식의 질서를 찾을 수 있는 일 등 다양합니다.

당신은 무엇을 할 때 몰입하게 되나요? "나는 무엇을 할 때 살아 있음을 느끼고 무엇에 매료되는지, 과거에 강렬하게 몰입했던 경험은 무엇이었는지, 내가 삶에서 중요하게 생각하는 것이 무엇인지"를 다시금 묻고 경험해보면 좋겠습니다. 몰입을 통해 우리의 잠재력이 발현되는 기쁨, 고유한 존재로서의 성장을 온전히 누려보세요.

1. 당신이 아는 사람 중 가장 몰입을 잘 하는 이는 누구인가요? 무엇이 그를 그토록 몰입하게 만들었을까요? (ex. 조성진과 같은 유명인도 좋고 주변 인물도 좋습니다)

2. 최근에 몰입했던 순간이 있다면 떠올려봅니다. 무엇이 당신을 몰입하게 만들었 나요?

3. 몰입의 경험을 통해 당신이 느낀 점, 성장한 부분을 적어봅니다.

행복은 누가 가르쳐주거나 훈련시키는 게 아니라 스스로 발견과 창조를 통한 자기화의 과정으로 이루어지는 것이다.
마틴 셀리그먼, 긍정심리학의 창시자

내가 정의하는 나

더 나은 삶, 더 나은 세계를 위해 형태를 부여하는 사람.
그게 나의 정체성입니다.

ㅡ 알레산드로 멘디니, 이탈리아 디자이너

《정체성의 심리학》을 쓴 박선웅 교수는 "정체성을 찾는다는 것은 내가 내 안에 숨겨진 진짜 나를 찾는 것"이라 말합니다. 존재와 삶의 의미를 스스로 탐색하며 발견하고 창조하는 주체적인 삶의 태도와 연결됩니다.

여러 색과 껍질로 둘러싸인 나라는 존재를 단번에 정의하기란 쉽지 않습니다. 정체성을 정의하는 일은 한 번에 끝나는 것이 아니라 평생에 걸쳐 이뤄지기도 합니다. 자아실현이란 멈춤이 아니라 지속적인 추구이니까요. 현재 시점의 정체성을 정의하기 위해, 먼저 나의 삶에 가장 중요한 '가치'와 '신념'은 무엇인지 꾸준히 탐색하고 발견해봐도 좋습니다. 가치와 신념은 내가 삶에 중심을 잡고 있는 기둥이거든요.

삶의 중요한 순간, 정체성을 꾸준히 다듬고 정의하다 보면 삶의 방향이 또렷해집니다.

지금 이 순간 당신은 스스로를 어떻게 정의하고 있나요? 이 책을 통해 발견한 생각, 건져 올린 키워드를 놓치지 말고, 정체성을 다듬는 도구로 차근히 활용해보시기 바랍니다.

1. Chapter 2 'Identity: 나라는 세계'의 문장과 글에서 유독 와닿은 단어는 무엇인가요? 개수에 상관없이 적어봅니다.

2. Chapter 2 'Identity: 나라는 세계'의 질문들에 대한 '당신의 답변' 중 가장 인상적인 단어는 무엇인가요? 역시 개수에 상관없이 적어봅니다.

3. 위의 두 질문에서 가장 많이 나온 단어들과 지금 떠오르는 생각(나다운 것, 나에게 의미 있는 것, 내가 바라는 나의 모습 등)을 적어보세요. 마음에 드는 단어는 조합하고 연결해도 좋습니다.

이번 전시를 통해 사람들이 무엇을 느끼거나 가져갔으면 하고 바라는 것은 없습니다. 그건 각자의 몫이니까요. 다만 전시장을 나갈 때 어떤 '질문'이 남았으면 합니다.
그게 어떤 것이든지요. 생각을 다듬고 나오며 주변, 세계를 바라볼 기회랄까요?
알레산드로 멘디니, 〈The Poetry of Design(디자인으로 쓴 시)〉 전시에서

Chapter 2 'Identity: 나라는 세계'에서 새롭게 발견한 것 또는 영감을 받은 문장이나 이야기는 무엇이었나요? 마음에 새길 수 있도록, 이곳에 기록해보세요.

CHAPTER 3

Future

나를 나아가게 하는 힘

아름드리 나무가 울창한 숲을 걷다 보면 여러 풍경과 마주하게 됩니다. 묵묵히 자신만의 무늬와 결을 만들어내는 나무들, 청아하게 지저귀는 새들, 저마다의 색으로 아름답게 피어나는 꽃과 열매가 우리를 반기지요. 잘 왔다고, 따스하고 싱그럽게 품어주겠다고 속삭이는 것 같습니다. 하지만 그것도 잠시, 여러 갈래의 길이 눈앞에 굽이굽이 펼쳐지기도 합니다. 표지판도, 안내하는 이도, 앞서가는 이도 없는 길 말이지요. 익숙하고 상냥했던 숲은 금세 생경하고 야속한 곳으로 변해버립니다. 어디로 가는 것이 옳을지 갈피를 잡지 못하기도 합니다.

하지만 숲은 우리에게 말합니다. 그 어떤 길이든 완벽하지 않으며, 선택하지 않은 길은 늘 아쉬운 법이라고. 너의 선택을 의심하지 말라고. 너에겐 그 어떤 일도 헤쳐 나갈 지혜가 있다고. 뜻밖의 풍경, 의외의 장면들 속에 새로운 시야가 생기고 분명 더 멋진 네가 되어 있을 거라고. 그러니 그저 너를 믿고 나아가보라고 말이지요.

가보지 않은 길은 두렵지만 스스로 선택한 길은 우릴 나아가게 합니다. 모두에게 동일하게 주어진 시간의 흐름 앞에서 어떤 선택을 해야 할까요? 숲이 들려준 이야기처럼, 미래를 푸르게 조망하는 힘은 우리 안에 있다고 믿으며 미래로 향하는 문장과 질문의 숲을 거닐어보세요.

Future: 나를 나아가게 하는 힘

"어떤 삶을 살아야 할까, 이렇게 일하는 것이 나에게 의미가 있을까"라는 거대한 질문이 일상을 압도할 때가 있습니다. 급변하는 불확실한 미래에 막막할 때도 많지요. 주변 사람들은 빠르게 앞서가는 것 같고, 나만 홀로 멈추어 휘청거리는 것만 같은 불안한 순간들. 아직 준비가 안 돼서, 부족해서, 서툴러서, 잘하고 있는 사람이 이미 많아서. 이런저런 이유들로 마음이 순식간에 작아지기도 합니다.

두려움과 불편함이 우릴 압도하는 날이 있습니다. 익숙한 안전지대를 뚫고 나오는 용기도 필요하고, 망망대해 같은 세상을 헤엄쳐야 하는 막연함도 생깁니다. 하지만 고민하고 부딪히며 성장통을 겪던 지난날이 마음속 깊은 갈망과의 마주침이자 찬란한 창조의 과정이라는 것을 경험하는 순간이 있습니다. 원하는 미래의 어느 날은 현재의 나와 강하게 연결되어 있음을 깨닫게 되지요. 아직 손에 잡히지 않은 미래이기에, 현재의 나를 더 간절한 마음으로 나아가게 합니다. 인생의 시나리오를 내가 써내겠다는 주체적인 마음으로 당당히 살아갈 때, 머지않아 한 걸음 더 나은 나를 만나게 될 겁니다.

인본주의 심리학자 칼 로저스는 불완전한 상태로 존재하는 사람은 없다고 말합니다. 삶은 완성형이 아니라 "존재함과 되어감being and becoming"이며 자기 자신이 되기 위해 노력하는 사람은 더 큰 성장과 자유를 얻는다고 강조하지요. 우리는 한치의 부족함이 없는 완벽한 상태가 아닌, 삶의 변화와 과정을 유연하게 수용하는 '되어가는 존재'입니다. '되어가는 존재'라는 말은 저의 마음에 오래도록 남아 힘들 때마다 저를 다독이곤 합니다. '이 과정에서 배울 것은 무엇일까, 나아가기 위해 어떤 노력을 해야 할까'로 관점이 전환되곤 합니다. 이미 내 안에 있는 소중한 성장의 씨앗을 소중한 자산으로 가꿔가는 용기를 줍니다.

단 한 번뿐인 찬란한 삶, 당신은 어떤 꿈을 꾸며 살아가나요?
그 꿈에 다가가기 위해 무엇을 시도하고 있나요?

잠시 눌러두었던 내면에서 들리는 목소리에 귀 기울여보세요. 자신의 열망과 잠재력을 들여다보고 다양한 가능성을 펼쳐보세요. 만들고 싶은 미래를 명확히 생각하고 실행하며 만들어가보세요. 한 번뿐인 우리의 삶이 찬란하게 빛날 수 있도록, 후회가 꿈을 덮지 않도록 꺼내보세요.

원하는 미래로 나아가는 일은 나를 성숙시키는 일이자 나다워지는 일입니다. 'Future: 나를 나아가게 하는 힘'에서는 내 안에 잠자고 있는 더 큰 존재를 깨울 수 있는 문장과 가이드, 질문을 준비했습니다. 부디, 당신다운 미래를 기록할 수 있기를. 고요한 기록과 생각이 눈부신 창조를 이루기를 고대합니다. 여전히 서툴고 부딪히고 미성숙하지만 더 나아갈 일만 남은, 더 아름다운 당신을 위한 페이지입니다.

강이 흐르듯이
살고 싶다.
자신이 펼쳐 나가는
놀라움에 이끌려
흘러가는.
존 오도나휴, 아일랜드 시인

Tell me,
what is it you plan to do
with your one wild
and precious life?

———————

말해봐요. 당신이 진정 하고픈 일이 무엇인지.

한 번뿐인, 그토록 멋지면서 소중한 인생에서 말이에요.

— 메리 올리버, 미국 시인

나를 살아 있게 만드는 그것, 욕망

욕망하는 것은 득이 되고 또 욕망을 만족시키는 것도
득이 된다. 왜냐하면 욕망은 그렇게 함으로써
증가되니까.

―앙드레 지드, 프랑스 소설가[14]

당신에게는 상상만 해도 가슴이 뛰는 일이 있나요? 당신이 절실하게 원하는 것이 무엇인지 알고 있나요?

간절히 원하는 것, 무엇을 하고 싶거나 가지고자 하는 바람을 우리는 욕망desire이라고 부릅니다. 심장을 쿵쾅대게 하는 것, 살아 있음을 느끼게 하는 것, 시키지 않아도 자꾸만 꺼내 보여주고 싶은 것, 탄성을 내지르게 되는 것, 누르면 누를수록 용수철처럼 튀어나오는 그것 말이지요. 그렇게 욕망은 강인한 생동감과 생명력을 가집니다.

나답게 산다는 것은 내가 원하는 방식을 존중하는 것입니다. 그리고 욕망은 내가 원하는 것은 무엇인지 오랜 시간 묻고 파고든 내면의 목소리지요. 그렇기에 스스로의 욕망을 알고, 욕망을 건강한 방식으로 창조하는 사람은 활력이 넘칩니다.

당신 안에서 섬광처럼 반짝이고, 불덩이처럼 뜨겁게 움직이며, 마르지 않는 샘물처럼 퐁퐁 솟아나는, 때로는 잔잔하고 유유하게 존재하는 욕망은 무엇인가요? 내가 원하는 것을 발견하고 이루는 과정에서의 만족감은 변화와 성장을 위한 중요한 감정이니, 타인의 욕망에 끌려다니지 말고 당신의 욕망을 이끌고 소중한 이와 나눠보세요. 그 발견의 첫걸음으로 당신의 욕망을 들여다보는 '이너뷰inner-view' 질문을 준비해보았습니다.

'Future: 나를 나아가게 하는 힘' 챕터 대부분의 질문이 내가 원하는 것을 발견하는 여정이기에 이너뷰 질문으로 워밍업을 하면 좋겠습니다. 그럼 이제, 내 안의 '욕망단어'들을 차곡히 수집해볼까요?

나의 욕망을 발견하는 Inner-view

---

1. 어린 시절부터 동경해온 사람들은 누구인가요? 그들에게는 어떤 공통점이 있나요?

---

2. 최근에 심취해서 검색하거나 깊이 조사해본 것은 무엇인가요?

당신 마음속에 떠오르는 것에 주의를 기울이고, 그것을 당신이 주변에서 인지하는 그 어떤 것보다 우위에 두십시오.
라이너 마리아 릴케, 오스트리아 시인

욕망 키워드

내 마음속 깊은 곳에서 올라오는 욕구단어, 욕망단어, 열망단어를 나열해봅니다.
일상 속에서 열망을 발견할 때마다 열망단어를 수집해두면 좋겠죠?

호기심이라는 마법

웃음은 시대를 초월하고,
상상력엔 나이 제한이 없으며,
꿈은 영원합니다.

－월트 디즈니, 미국 기업인

마음이 가는 대로 했던 적이 언제였나요? 당신의 눈을 뜨게 해드릴게요.
놀라운 곳으로 데려갈게요. 위로 옆으로 아래로 자유롭게 마법 양탄자를 타고서.
완전히 새로운 세상.

당신을 호기심 많던 어린 시절로 순간이동 시키는 노래나 영화가
있나요? 저에겐 디즈니의 애니메이션 〈알라딘〉이 그렇습니다. 알라딘이
성에 갇힌 공주를 마법의 양탄자에 태우고 새로운 세계로 떠나는 장면과
주제곡 'A Whole New World'에 마음이 시원하게 뚫리는 기분도 들었
지요.

〈알라딘〉을 제작한 월트 디즈니는 웃음과 창조성, 꿈과 희망이라는
키워드를 가슴에 안고 살아간 사람입니다. 그는 어린아이 같은 순수함과
세상이 원하는 것을 연결할 줄 아는 사업가였습니다. "우리는 새로운 문
을 열고 새로운 일을 하면서 멈추지 않고 앞으로 나아갑니다. 우리는 호
기심으로 가득 차 있고 이 호기심이 우리를 새로운 길로 이끕니다"라는
월트 디즈니의 말을 들으며 구속된 문을 스스로 깨부수고, 눈부시게 빛
나는 자유를 쟁취했던 〈알라딘〉이 떠올랐습니다. 고이지 않게 세차게 흐
르기 위해선 마법의 양탄자와 같은 '호기심'이 필요하니까요.

상상력에는 나이 제한이 없습니다. 한계를 정하지 않는 마음, 끝없
는 호기심은 가보지 못한 새로운 세계로 우릴 초대할 겁니다. 상상 속의
양탄자를 타고 원하는 곳으로 자유롭게 날아보시길 바라며.

1. 만약 마법의 양탄자를 타고 과거, 미래, 전 세계 어느 곳, 우주, 바닷속 등 어디든 갈 수 있다면 당신은 어디로 가고 싶나요?

2. 그곳에서 가장 하고 싶은 것은 무엇인가요?

3. 요즘 가장 호기심을 가지고 있는 분야, 인물이 있다면 적어봅니다.

깊게 그리고 넓게 자라나며

성장이란 자신의 지평을 확대하고 확장하는 것을
의미한다. 즉, 밖을 향한 조망과 안을 향한 깊이라는
양면 사이 '경계의 성장'을 의미한다.

— 켄 윌버Ken Wilber, 《무경계》

일반적인 성장이 사다리처럼 위로 솟기만 하는 것이라면, 사람의 내면은 나선형과 곡선으로, 때론 정글짐처럼 입체적으로 성장하곤 합니다. 나라는 존재는 고정된 것이 아니라 유연하게 움직이고 통합, 확장되는 것이니까요.

인간의 의식의 발달과 진화에 대한 통합 이론을 제시해온《무경계》의 저자 켄 윌버는 성장이란 자신의 좀 더 깊고 넓은 수준을 인식하고 포괄해가는 풍요화 과정이라 말합니다. 앞으로 나아가면서 동시에 뒤를 돌아보며 성찰할 수 있는 것, 깊이를 추구하면서도 주위를 살피며 넓어질 수 있는 건강하고 유연한 모습을 이상적인 성장으로 보는 것이지요.

리더십의 대가 존 맥스웰은 그의 저서《사람은 무엇으로 성장하는가?》에서 성장은 가능성과 잠재력이 들어 있는 비밀 상자를 여는 열쇠이며 열쇠는 당연히 거저 얻을 수 없다고 말합니다. 의식과 정신을 차원 높은 사색으로 끌어내는 내적 성장, 세상의 트렌드를 발 빠르게 읽고 통찰을 키우는 외적 성장은 한순간에 얻어지는 것이 아니기에 자기 변화와 배움의 끈을 단단히 이어가야겠지요.

당신이 생각하는 성장의 기준은 무엇인가요? 그리고 무한한 가능성과 잠재력을 가진 '성장의 상자'를 활짝 열기 위해 무엇을 해보면 좋을까요?

1. 살면서 당신을 더 나은 방향으로 이끌어준 내적, 외적 자극을 떠올려봅니다. 사람일 수도, 상황일 수도, 환경일 수도 있겠지요. 그것이 무엇이었는지 구체적으로 적어봅니다.

2. 깊이와 넓이를 추구하며 경계 없이 성장하고 있는 이를 알고 있나요? 그에게서 배울 점은 무엇인가요?

3. 나다운 성장을 하기 위해 실행해볼 세 가지를 적어봅니다.

나는 깊게 파기 위해서, 넓게 파기 시작했다.
스피노자, 네덜란드 철학자

매일 나아진다는 것

타인보다 조금 낫다고 훌륭한 것이 아니다.
과거의 자신보다 훌륭해진 것이야말로
진정으로 성공한 것이다.

─ 어니스트 헤밍웨이, 미국 소설가

우리는 때때로 남보다 앞서가는 것, 우뚝 서는 것, 또는 경쟁을 목표로 삼고 상대방을 뛰어넘거나 이기는 것을 성장과 성취로 오해하곤 합니다. 물론 일의 성격과 형태에 따라 객관적인 자신의 역량을 살피고 성취감을 맛보는 경험도 필요합니다. 하지만 성장의 초점을 지나치게 외부에 맞추다 보면 삶이 매 순간 집착과도 같은 비교에 시달리며 소모적으로 고갈되게 됩니다. 한 명의 경쟁자를 이겨내도 다음 경쟁자가 끝없이 대기하고 있기 때문이죠.

나다운 삶이라는 것은 합격과 불합격, 등수와 SNS의 팔로워 수, 소유의 형태로 재단할 수 있는 것은 아닙니다. 만약 성장의 척도가 있어야 한다면 그것은 '과거의 나의 모습'일 겁니다. 과거의 나보다 발전하고 있는가. 타인보다 나음이 아닌 나만의 다름으로 과거의 나를 뛰어넘고 있는가. 과거의 나보다 더 나다워지고 있는지 물어야 합니다. 왜냐하면 나를 가로막는 가장 큰 장벽은 때론 나 자신의 생각과 감정이기 때문입니다.

스스로와 약속한 삶에 충실할 때, 성찰과 성숙을 일궈갈 때, 단단한 뿌리를 바탕으로 비상할 때 비로소 성장은 올바른 의미를 지니게 됩니다. 성장을 갈망하던 예전의 어느 날을 떠올려보세요. 당신은 어떤 모습을 그려왔나요? 그리고 지금은 그 모습과 얼마나 닮아 있나요?

1.   5년 전의 나를 회고해보세요. 지금의 나는 그때의 나보다 어떤 부분이 성장했나요?

2.   그만큼 성장하기 위해 당신이 노력했던 것은 무엇인가요?

3. 비교의 마음이나 조급한 마음이 올라올 때, 다시 '나의 성장'에 초점을 맞추기 위해 어떤 노력을 하면 좋을까요? '비교하는 마음'에게 '성장하는 마음'이 건네주면 좋을 말을 떠올려보세요.

창조적 긴장의 순간

당신이 가장 두려워하는 것을 찾아라.
진정한 성장은 그 순간부터 시작된다.

—카를 구스타프 융, 스위스 심리학자

한 신입사원은 어릴 적부터 내성적인 성격에 낯을 많이 가려 놀림과 오해를 많이 받았다고 합니다. 그러던 어느 날, TV 오디션 프로그램에서 또래들이 마음껏 기량을 뽐내며 성장해가는 모습을 보고 엄청난 자극을 받았습니다. 그리고 오랜 시간 자신을 가로막았던 두려움을 극복하기 위해 유명 엔터테인먼트의 오디션에 참가했습니다. 비록 합격하진 못했지만, 자신의 한계를 뛰어넘으려 시도했던 그 선택과 도전 이후로 자신을 틀에 가두지 않게 되었다고 합니다.

　　두려움을 극복하는 영웅은 멀리 있지 않다는 것을 느낀 순간입니다.

　　심리학자 빅터 프랭클은 "정신적 건강은 어느 정도의 긴장 속에서 얻어진다. 즉 정신은, 성취한 것과 앞으로 성취하고자 하는 것 사이와, 지금의 나와 앞으로 되고자 하는 나 사이의 간격이 빚어내는 긴장 속에 성장한다"라고 말합니다. 성장은 불안 없는 안락한 상태가 아니라 긴장과 두려움이 자연스럽게 따라온다는 뜻이겠지요. 저는 '창조적 긴장감'이라는 표현을 좋아합니다. 실제로도 종종 느끼는 감정이자 저의 두려움을 긍정으로 승화시키는 자기암시이기도 합니다.

　　만약 시작에 앞서 두려움을 느낀다면, 그 장면은 삶에서 한 단계 성장하기 위한 창조적 긴장감의 순간이자, 창조적 긴장감이 창조적 자신감으로 변화하는 순간이라고 생각해보면 어떨까요? 삶의 허들을 내 힘으로 마주하고 뛰어넘는 용기는 우리를 분명 더 큰 곳으로 데려갈 테니까요.

1. 당신이 두려움이나 긴장을 느끼는 상황은 주로 언제인가요?

2. 만약 용기의 여신과 창조의 여신이 당신 곁을 지켜준다면 당신은 어떤 일을 시도해보고 싶나요?

3. 그 일을 오늘부터 시도한다면, 당신의 삶은 어떻게 달라질까요?

눈빛을 반짝이며 배우는 마음

배움이란 어떤 것이 가능하다는 사실을 알아내는
것이다.

— 프리츠 펄스Fritz Perls, 독일 심리학자

모호한 삶을 선명하게 만드는 비결 중 하나는 언제나 배우는 자세를 잃지 않는 것입니다. 배움이란 지식의 수집이 아니라 앎을 삶으로 연결하기 위한 것이자 자기표현을 위한 일이기 때문이지요.

진정한 배움 안에는 사유, 사람 그리고 사랑이 담겨야 합니다. 프랑스의 철학자 앙토냉 질베르 세르티앙주는 저서 《공부하는 삶》에서 공부의 목표는 우리의 존재를 확장하는 것이자 조화로운 한 인간 전체가 되는 것이며, 정신은 늘 열려 있고 인류와 세상에 맞닿아 있는 공부를 해야 한다고 말합니다. 배움을 통해 내가 어디로 향하는지, 무엇이 가능한지 묻고 발견하며 세상과 연결하는 과정 속에 성장한다는 것이지요.

호기심을 갖고 배우는 사람, 배운 것을 나누고 표현하는 사람은 의미 있는 변화를 이끌며, 주체적으로 살게 됩니다. 배운다는 것은 전공과 전문 분야뿐 아니라, 넓고 다양한 카테고리의 책과 사람을 접하고 배운 것을 씨실과 날실처럼 자신의 업과 연결하는 능력이기도 합니다.

배운 것을 숙성시켜 자신의 관점과 통찰로 진화시키는 과정은 고되기도 하지만, 우리를 부쩍 성장시키는 동력입니다.

1.	요즘 배우고 있는 것은 무엇인가요? 그 배움 속에서 무엇을 깨달으셨나요? 배운 것을 삶과 일에 적용한 것도 기록해봅니다.

2.	당신의 노트에는 앞으로 배우고 싶은 것의 목록이 적혀 있나요? 무엇을 새롭게 배우고 싶은지 적어봅니다.

3. 시대의 흐름과 감각을 읽는 당신만의 방법이 있나요? 요즘 즐겨 보는 매체나 관심 사는 무엇인가요?

관심을 받는 사람으로 살아서는 안 된다. 관심을 가진 사람으로 살아야 한다.
존 가드너John Gardner, 미국 소설가

좋은 책이 데려다주는 곳

책을 읽는 사람은 죽을 때까지 수천 년의 삶을 살지만,
책을 읽지 않는 사람은 오직 한 번의 삶을 살 뿐입니다.

— 조지 R. R. 마틴, 《왕좌의 게임》 저자

좋은 구두는 좋은 곳으로 데려간다는 말이 있듯, 저는 좋은 책은 우리를 좋은 곳으로 이끈다고 생각합니다. 책은 다정한 구원자가 되어 우리를 다독여주고, 끙끙 앓던 문제의 실타래를 풀어주기도 하지요. 은밀한 방이 되어 자기발견의 안내자가 되어주기도 하고, 새로운 세상으로 가는 문으로 우리를 이끌기도 합니다.

책은 때에 따라 발췌독, 정독, 다독 등 다양한 방법으로 읽을 수 있지만 좋은 책을 만났다면 핵심만 훑는 것보다 깊이 있게 읽고, 좋은 글은 독서노트에 적으며 내면화하는 것이 좋겠지요. 특히 통찰력과 필력이 좋은 작가들의 책, 고전으로 불리는 책은 작가가 전개하는 촘촘한 사유와 사고의 방식, 의식과 맥락의 전개를 세심하게 따라가며 읽기를 권합니다.

책은 작가의 지혜와 지식이 압축되어 있는 사유의 숲입니다. 우리는 시공간을 초월한 그 숲에서 저자와 긴밀한 대화를 나눌 수 있지요. 큰 돈을 들이지 않고도 역사 속 대가들을 내 삶에 초대하며 그들의 지혜를 흡수할 수 있습니다.

좋은 책이란, 몸과 마음을 움직이게 합니다. 먼저 마음을 출렁이게 하고, 무언가 바로 실행하고 싶게끔 만들지요. 텍스트 안에 우릴 가두지 않고 더 큰 곳으로 나아가게 합니다.

1. 당신을 새로운 세계로 이끈 인생 책 세 권은 무엇인가요? 어떤 부분이 인상적이었는지도 적어봅니다.

2. 인생 책 세 권이 당신의 생각, 습관, 관계 등에 미친 영향은 무엇인가요?

3. 앞으로 1년 동안 어떤 영역의 책을 읽어보고 싶나요? 어떤 분야, 어떤 작가의 책과 1년을 함께 보내면 좋을지 기록해봅니다.

책에 관한 애서가들의 말

- 책이란 영혼의 거울이다.

  —버지니아 울프(작가)

- 책을 읽는 순간 당신은 당신의 삶으로부터 삶 자체로, 단순 현재에서 완료된
  현재로 건너간다.

  —크리스티앙 보뱅(프랑스 시인, 에세이스트)

- 내가 세계를 알게 되니 그것은 책에 의해서다.

  —장 폴 사르트르(프랑스 철학자)

- 책은 나를 빨아들이고 마음의 먹구름을 지워준다.

  —미셸 드 몽테뉴(철학자)

- 책을 힐끗 쳐다보기만 해도 이미 천 년 전에 죽은 누군가의 목소리가 들린다.
  책을 읽는다는 것은 시간을 헤치고 가는 항해다.

  —칼 세이건(과학자)

- 오늘의 나를 있게 한 것은 우리 마을 도서관이었다. 하버드 졸업장보다 소중한
  것이 책을 읽는 습관이다.

  —빌 게이츠(기업인)

- 책은 무한 생산할 수 있는 민주적인 예술작품입니다.

  —게르하르트 슈타이들(출판인)

o 한 권의 책으로 자신의 삶에서 새 시대를 본 사람이 너무나 많다.

— 헨리 데이비드 소로(작가)

o 당신의 방에 책이 없다면, 그 공간은 죽은 것과 다름없다.

— 칼 라거펠트(크리에이티브 디렉터)

o 책이란 우리 마음속에 있는 얼어붙은 바다를 깨는 도끼여야 해.

— 프란츠 카프카(작가)

o 책은 청년에게 음식이 되고 노인에게는 오락이 된다. 부자일 때는 지식이 되고 고통스러울 때는 위안이 된다.

— 키케로(로마 정치가)

o 책은 너를 너 자신으로 돌아가게 한다.

— 헤르만 헤세(작가)

내 삶의 북극성을 향해

바람은 목적지가 없는 배를 밀어주지 않는다.

─미셸 드 몽테뉴, 프랑스 사상가

깜깜한 밤하늘의 별은 저마다 속삭이듯 은은한 빛을 내며 우릴 지켜줍니다. 무수한 별 중 '북극성'은 단연 가장 반짝이는 별입니다. 바다 한가운데를 항해하는 사람들에게 북극성이란 나침반처럼 길을 잃지 않도록 돕는 안내자이자 잘 가고 있다는 희망이 되어주곤 했으니까요. 까마득히 멀리 있어서 손에 잡을 수는 없지만, 방향의 기준을 세워주는 지표였던 것이지요.

우리에게도 존재를 일깨우고 방향을 설정해주는 '삶을 위한 북극성'이 필요합니다. 내 삶에 큰 방향이 있다면 조금 늦고 돌아가더라도 다시 길을 찾아갈 수 있고, 큰 세상으로 담대하게 나아갈 수 있을 테니까요. 독일의 문학가 괴테는 "가장 중요한 것은 우리가 '어디에 있는가'보다 '어디를 향해 가고 있는가'이다"라고 말했습니다. 해야 할 일이 가득한 To-do list, 하나의 직업으로만 규정된 목표가 아닌, 우리를 동사형으로 나아가게 만드는 존재의 의미인 북극성을 공들여 찾을 때, 길을 잃지 않고 성장할 수 있습니다.

되고자 하는 나의 모습, 살고자 하는 삶의 모습이 농축되어 하나의 상징으로 만들어진 삶의 지향점. 마음속에 선명하게 각인된 북극성은 우리가 살아가야 할 의미도 더욱 짙게 만들어줍니다. 당신에게는 가슴 뛰는 삶의 목적, 북극성이 있나요? 그 북극성은 어떤 모습인가요?

1. 당신은 어떤 사람으로 기억되고 싶나요?

2. 무엇을 하고 살면 후회가 없을까요? 정말 원하는 모습을 이미지로 떠올려보고, 그 모습을 기록해봅니다.

3. 내 삶의 목적(북극성)을 한 문장으로 만들어봅니다. 1, 2에서 나온 답변과 그동안 질문에 답하면서 도출되었던 키워드를 조합해도 좋습니다.

항구에 정박해 있는 배는 안전하지만 그것이 배의 존재 이유는 아니다.
존 셰드, 미국 작가

자유롭게, 자기답게 날아가기

우리는 원하는 곳에 갈 수 있고 원하는 대로 될 자유가
있어.

— 리처드 바크Richard Bach,《갈매기의 꿈》

리처드 바크의 유명한 책 《갈매기의 꿈》에는 두 부류의 갈매기가 등장합니다. 먹이를 잡기 위한 최소한의 배움만 하는 보통의 갈매기 떼와, 자유로운 비행을 위해 힘든 훈련을 스스로 선택하는 조나단이죠. 조나단은 갈매기 무리의 비웃음과 조롱, 부상과 외로움에 싸우면서도 "각자의 삶에서 중요한 것은 자신이 가장 하고 싶은 일을 노력해서 완벽에 도달하는 것이다"라며 강한 의지로 훈련하며 버팁니다. 어려움에도 아랑곳하지 않고, 혹독한 연습을 통해 완벽한 비행술을 연마하여 비로소 자기완성을 실현하게 됩니다. 자유를 갈망하며 꿈을 꾸던 조나단이 "아, 맞아 나는 완벽하고 한계가 없는 갈매기야"라고 외치며 비상하는 장면은 이 책의 하이라이트이자 희열이 느껴지는 순간입니다.

우리는 변화를 원하면서도 편안한 안전지대에 머물러 있곤 합니다. 오랜 시간 고착화된 습관과 사고방식, 내면의 두려움에 "이 정도면 만족해, 너무 욕심부리며 살지 말자" "저 사람이니까 저렇게 하는 거지" 하며 자신의 생각을 합리화하기도 하지요. 반면 주도적인 삶을 사는 사람, 꿈을 꾸는 사람은 환경을 탓하지 않고 이미 가지고 있는 자원에 집중하고 '영향력의 원'을 확장합니다. 더 큰 생각, 더 큰 움직임으로 자신의 일을 개척해나가죠.

당신은 지금 어떤 꿈을 꾸고 있나요? 당신이 날고 싶은 가장 먼 곳은 어디인가요?

1. 당신의 도전을 방해하는 안전지대(익숙하고 안전한 곳에 머물게 하는 것)는 무엇인가요?

2. 안전지대를 벗어나 도전해보고 싶은 일은 무엇인가요?.

3. 그 모습을 이루기 위해 일상에서 시도하고 싶은 것을 적어봅니다.

새로운 생각을 품을 만큼 커진 마음은 결코 그 전의 차원으로 돌아오지 않는다.
올리버 웬델 홈스Oliver Wendell Holmes, 미국 문필가

내가 그리는 미래

존재하지 않는 것을 상상할 수 없다면
새로운 것을 만들어낼 수도 없으며
자신만의 세계를 창조하지 못하면
다른 사람이 묘사한 세계에 머무를 수밖에 없다.

— 폴 호건, 미국 화가

미래를 앞당겨 사는 비법을 알고 계신가요? 그것은 자신이 상상하는 세계, 원하는 미래를 말과 글, 그림 등으로 생생하고 강렬하게 시각화視覺化(보이지 않는 것을 나타내 보임)하는 것입니다. 몸과 마음에 감각적으로 깊이 새겨놓는 과정을 말하지요.

"미래가 어떻게 될까?"가 미래에 대한 수동적인 자세의 질문이라면, "내가 원하는 미래는 어떤 모습일까, 나는 무엇을 창조하면 좋을까?"는 미래의 주도권을 내게로 가져오는 적극적인 질문입니다.

상상력의 대가인 화가 피카소는 "상상이 사실보다 진실하다고 믿는다"라는 말을 남기며 세상에 존재하지 않는 무수한 상상을 캔버스에 담아냈고, 《사피엔스》의 저자 유발 하라리는 사피엔스가 세상을 정복한 비결을 "상상"이라고 말하며 인류의 역사 속에 발현된 '상상의 힘'을 역설합니다.

미래의 어느 날은 손에 잡히지 않는 모호한 추상화가 아니라, 현재의 내가 직접 창조하고 만드는 설계도와 같습니다. 《성공하는 사람들의 7가지 습관》의 저자 스티븐 코비는 "잘 되는 일은 두 번의 창조 과정을 거친다. 마음속의 창조가 첫 번째이고, 실제로 구현되는 창조가 두 번째다"라며 성공한 이들의 두 번째 습관으로 "끝을 생각하며 시작하라"를 제시합니다. 원하는 것을 이루기 위해선 마음의 창조를 거쳐야 한다는 뜻으로 해석됩니다.

원하는 모습을 그리고 행동하다 보면 어느새 상상을 현실로 만들고 있는 자신을 발견하게 될 겁니다. 당신은 마음 속에 무엇을 창조하고 있나요?

1. 5년 후에 내가 원하는 삶을 떠올려보세요. 당신은 어떤 모습으로, 무엇을 하며 살고 싶나요?

2. 그 모습을 그림으로 그려볼까요? 그림이 어렵다면 키워드 중심으로 가장 마음에
   드는 이미지를 인터넷이나 매거진에서 찾아 해당 페이지에 붙여도 좋습니다.

인간은 자기가 상상한 모습대로 되고, 인간은 자기가 상상한 바로 그 사람이다.
파라셀수스Paracelsus, 15세기 의학자

글짓기가 빚는 미래

모든 것은 묘사되었을 때 비로소 실제로 발생한 것이다.

─버지니아 울프, 영국 작가

글은 누군가에게는 위로와 치유를 주고, 누군가에게는 꿈이자 희망의 기록이 됩니다. 머릿속에 표류하던 것을 손끝에 단단히 붙잡아 생명을 불어넣는 일이기도 합니다.

《쓰고 싸우고 살아남다》의 저자 장영은은 글을 쓴다는 것은 취미와 단순한 기록을 넘어 "존재에 대한 기록"이며, 한 사람의 삶이 언어로 정리되면 나도 몰랐던 나의 힘을 찾게 된다고 말합니다. 글을 쓴다는 것은, 세상을 향해 무언가를 말할 수 있도록 스스로에게 주는 자격조건이라는 것이지요.

아직 다 꺼내지 못하고 맴돌았던 생각과 감정을 구체적으로 묘사하는 과정에서 우리는 성장합니다. 글을 쓴다는 것은 또 하나의 자기발견과 표현, 자기존중의 방식입니다. 프랑스의 시인이자 외교관 생존 페르스Saint-John Perse는 시를 왜 쓰냐는 질문을 받을 때마다 "더 나은 미래를 위하여"라고 대답했다고 합니다. 우리도 "더 나은 삶을 위하여" 글을 써볼 수 있지 않을까요?

내 삶의 작가가 되어, 스스로 약속한 꿈의 주인이 되어 글을 써보세요. 간결하고 짧은 문장에서 시작해도 좋습니다. 그리고 나만의 목표를 가장 잘 보이는 곳에 붙이고 틈나는 대로 소리 내어 읽어보세요. 간절함을 담아, 마치 그 모습이 지금 눈앞에 펼쳐진 것처럼 말이지요.

꿈은 글로 빚어질 때 비로소 완성에 가까워진답니다.

1. 당신의 5년 후의 어느 날을 글로 표현해볼까요? 마치 그 시간으로 순간이동한 것처럼 생생하게 말이죠. 이전 페이지에 그려놓은 스케치(혹은 이미지를 붙여놓은)를 참조해 묘사해도 좋습니다.

2. 이제 그 꿈을 구체적인 목표로 만들어보세요. 5년 안에 달성해야 할 '목표 리스트'를 작성해보세요. 꿈을 목표화하는 방법으로 'SMART'를 추천합니다. 바로 구체성 (specific), 측정성(measurable), 실행성(action-oriented), 객관성(realistic), 시효성 (timely)의 다섯 가지예요. 내 목표가 'SMART'한지 점검해봐도 좋겠죠?

눈부신 실수가 눈부신 미래로
나를 데려다줄 테니

실패란 존재하지 않습니다. 다만 자신이 진정으로
누구인지 보다 뚜렷하게 집중할 수 있도록 살아가는
동안 실수할 뿐입니다.

— 오프라 윈프리, 미국 방송인

아이가 첫 걸음마를 떼는 모습에 위태롭기도 하고 대견하기도 했으며, 그 모습을 경이롭게 바라보았던 기억이 납니다. 작고 어린 존재는 무수히 넘어지고 엉덩방아를 찧지만 그럼에도 다시 일어서 기어코 걷는 데 성공해 마치 모든 걸 가진 사람처럼 함박웃음을 짓습니다. 우리에게도 분명 그런 순간들이 있었을 겁니다. 하지만 어른이 될수록 우리는 외부의 시선에 민감해지곤 합니다. 과거의 크고 작은 실수와 실패의 경험에 위축되거나 꿈을 저 멀리 숨겨놓고 미루기도 하지요.

하지만 '실패'는 '실천'하고 '실험'했다는 증거입니다. 그 과정에서 분명 성장은 일어나니까요. 실리콘밸리에서는 '더 빨리 배우기 위해 더 빨리 실패하라'는 개념의 '실패하며 전진하기failing forward'를 비즈니스의 성공요소 중 하나로 삼고 있습니다. 신제품을 숙고하며 묵혀두기보다 빨리 선보이고 피드백을 얻어 보완해나가라는 겁니다.

《실패를 사랑하는 직업》을 쓴 뮤지션 요조는 애정이 클수록 발을 헛디디거나 패배하는 경우가 많지만 예술가는 끝내 무언가를 만들어내는 사람이라 말합니다. 실패를 바탕으로 열매를 맺고 마는 예술가야말로 '실패를 사랑하는 직업'이라고 말이지요. 우리 모두가 삶에서 무언가를 만들어내는 사람이라면, 우리는 기꺼이 실패하고 또 창조해내는 예술가가 아닐까요.

예기치 못한 실수와 실패, 두려운 감정을 자양분 삼아 나만이 할 수 있는 이야기를 만들면 어떨까요? 지금 할 수 있는 작은 것부터 하나씩 차근차근 말이죠.

1. 실패라고 생각했지만, 큰 깨달음을 주었던 사건이 있나요? 어떤 일이었나요?

2. 지금의 시점에서 그때를 다시 떠올리면 어떤 생각과 감정이 드는지 적어봅니다.

3. 누군가가 실패와 실수를 걱정하고 있다면, 당신은 어떤 이야기를 건네고 싶나요?

실수는 실천의 또 다른 방법이다.
워런 베니스, 미국의 리더십 전문가

나의 손으로만 열 수 있는 것

습관은 나무껍질에 새겨놓은 문자 같아서
그 나무가 자라남에 따라 확대된다.

― 새뮤얼 스마일스Samuel Smiles, 스코틀랜드 작가

스코틀랜드의 작가 새뮤얼 스마일스는 "인생은 자기 손으로만 열수 있다"는 자조self-help의 메시지를 전한 사람입니다. 나의 손으로만 열수 있는 것. 내 손으로 만들어 쌓아가는 것 중 '습관'을 빠뜨릴 수 없을 텐데요. 어떤 행동이나 루틴 등이 반복되어 익숙해지면 우리는 그것을 자연스럽게 받아들이게 되고, 한번 형성된 습관은 우리 삶 전체에 영향을 미치곤 하지요.

매일 4시에 일어나 쉬지 않고 글을 쓰고, 오후에는 달리기와 수영을 한다는 소설가 무라카미 하루키는 "반복은 일종의 최면으로, 반복의 과정에서 나는 최면에 걸린 듯 더 심원한 정신 상태에 이른다"라고 했고, 《자기만의 방》을 비롯해 뛰어난 작품을 집필한 버지니아 울프는 "시간이 자기도 모르는 사이에 한 사람의 얼굴을 바꿔놓듯이 습관은 인생의 얼굴을 점차적으로 바꿔놓는다"라는 말을 남겼습니다.

포기하지 않고 매일 꾸준히 반복하며 쌓아가는 것, 원하는 수준을 이루기 위해 의식적으로 노력하는 것은 몸과 마음에 코어 근육을 쌓는 일과 닮았습니다. 그 노력은 우리의 삶을 단단하고 건강하게 만들어줄 겁니다.

당신은 당신의 일상에 무엇을 새기고 있나요?
당신이 매일 하고 있는 일은 당신의 삶을 어떻게 변화시킬까요?

1. 오랫동안 유지해온 습관이 있나요? 그 습관이 당신을 삶에서 변화시킨 부분은 무엇인가요?

2. 습관을 유지하기 힘들어하는 이들에게 당신만의 비결을 이야기해준다면 무엇을 말하고 싶나요?

3. 새롭게 만들고 싶은 습관이 있나요? 그것은 무엇이며 언제부터 실행하면 좋을지 구체적으로 적어봅니다.

당신이 반복적으로 하는 일, 그것이 바로 당신이다.
그러므로 탁월함은 행동이 아니라 습관이다.
아리스토텔레스, 고대 그리스 철학자

선택이 주는 자유로움

한 사람의 철학은 말뿐 아니라 그 사람이 하는 선택에도
잘 드러난다. 우리는 오랜 세월에 걸쳐 자기 자신과
인생을 만들어간다. 이 과정은 죽을 때까지 끝나지
않으며 우리의 선택은 우리 자신에게 책임이 있다.

— 안나 엘리너 루스벨트 Anna Eleanor Roosevelt, 미국 사회운동가

"인생은 B와 D 사이의 C다." 프랑스의 실존주의 철학자 사르트르는 인생은 B(Birth, 탄생)와 D(Death, 죽음) 사이 C(Choice, 선택)의 연속이라 말했습니다. 우리는 크고 작은 선택의 순간을 끊임없이 마주합니다.

선택은 늘 어렵습니다. 특히 나의 기준이 명확하지 않거나 후회와 책임이 걱정되는 경우 망설임은 더욱 커집니다. 선택이 어려운 사람들을 위해, ESCP 유럽비즈니스스쿨 교수 필립 마이스너는 그의 저서 《결정의 기술》에서 본질탐구, 정보수집, 관점확장, 사고검증, 휴식, 불안해체, 결정의 7단계 프로세스를 제안합니다. 충동적이고 감정적인 결정보다는 일곱 가지 체계적인 선택의 과정을 거쳐 담대한 선택을 하라는 제안이 설득력 있게 다가옵니다.

미래의 결정뿐 아니라 이미 지나간 과거의 일에 대한 해석 역시 나의 '선택'에 달려 있습니다. 그 일을 받아들이고 해석하는 관점과 행동을 선택할 수 있는 것이지요. 만약 아프고 후회되는 기억을 마주했다면, 그 일을 어떻게 해석하면 좋을까? 그 사건이 나에게 준 메시지는 무엇일지, 이것이 앞으로의 선택에 어떤 재료가 되어줄지 스스로에게 물어보세요.

선택도 책임도 쉽지 않은 일이지만 늘 그 중심에 스스로를 두기 바랍니다. 우리 삶은 선택의 누적분이니까요.

1. 당신이 삶에서 선택한 것 중, 가장 잘한 일은 무엇인가요? 그 선택을 하지 않았다면 당신 삶은 어떻게 달라져 있을까요?

2. 중요한 선택을 앞두고, 당신의 선택에 '기준'이 되어주는 것이 있다면 적어봅니다.

시간이라는 재판관 앞에

다가올 일을 염려하지 말고 덧없이 사라지는 것 때문에
슬퍼하지 말라. 오히려 자신을 잃어버리지 않을까
염려하고 하늘을 네 안에 품지 못한 채, 시간의 흐름에
휩쓸려가는 것을 슬퍼하라.

— 프리드리히 슐라이어마허 Friedrich Schleiermacher, 독일 신학자

고대 그리스인은 시간을 두 가지로 구분했다고 합니다요. 첫 번째는 '크로노스chronos'라 불리는 물리적 시간입니다. 누구에게나 동일하게 주어지고 흘러가는 객관적 시간을 뜻하지요. 다른 하나는, 소중한 의미가 부여된 주관적 시간 '카이로스kairos'입니다. 시간이란 모두에게 공평하게 주어지지만, 그 속에 어떤 경험과 의미가 채워지느냐에 따라 차이가 벌어지게 되지요. 크로노스가 시간에 끌려다니는 수동적인 '노예의 시간'이라면, 카이로스는 능동적으로 시간을 내 편으로 만드는 '주인의 시간'이니까요.

한동일 교수는 책 《라틴어 수업》에서 "시간은 가장 훌륭한 재판관이다"라는 라틴어 속담을 소개합니다. 내가 덧없이 보낸 시간에 대한 책임은 나 자신에게 있다는 것이지요.

당신은 어떤 시간을 주로 보내고 있나요? 시간이란 재판관은 당신에게 무엇이라고 말을 할까요?

시간이란 단어는 한자로 '때 시時'와 '사이 간間'입니다. 한 시점에서 다른 시점까지의 사이를 뜻하죠. 카이로스를 선택한다면 그 사이의 공간은 우리는 긴밀히 접속되어 밀도 있는 가치를 만듭니다. 그 공간에 소중한 씨앗을 뿌리고 가꾸면 어떤 열매가 맺히게 될까요? 지금 보내는 이 시간들이 쌓이면 당신은 어떤 모습으로 존재할까요?

소중한 사람을 대하듯 시간을 아끼면 좋겠습니다. 시간을 잃지 말고, 시간을 얻겠다는 마음으로요.

1. 당신의 하루를 곰곰이 생각해보세요. 가장 많은 시간을 보내는 일 다섯 가지를 순서대로 적어보세요. 그 일은 당신에게 어떤 의미를 가지고 있는지, 카이로스의 시간인지 크로노스의 시간인지 구분해보세요.

2. 당신의 시간을 구분해보니 어떤 생각이 드나요? 카이로스의 시간을 더 자주 갖기 위해 무엇을 해보면 좋을까요?

3. 평소에 별로 내키지는 않지만 해야 하는 일들, 시간 낭비라고 생각하지만 하고 있는 일들은 무엇인가요?(가령 과도한 휴대폰 사용, 불필요한 만남을 자주 갖는 것, 무의미한 수다, 몰입하지 못하고 딴생각하기 등이 있겠지요) 그 시간이 쌓이면 당신의 삶에 어떤 영향을 미칠까요?

어느 날, 아침에 일어났을 때 당신은 항상 하고 싶었던 일들을 할 시간이 별로 남아 있지 않았음을 알게 될 것이다. 지금 하라.
파울로 코엘료, 브라질 소설가

내 삶의 봄날

청춘이란 인생의 한 시기가 아닌 사람의 마음가짐을
뜻하니
장밋빛 볼, 붉은 입술, 부드러운 무릎이 아니라
강인한 의지, 풍부한 상상력, 불타는 열정을 말한다.
청춘이란 인생의 깊은 샘에서 솟아나는 신선한
정신이다.

— 사무엘 울만Samule Ullman, '청춘'

새로운 한 해를 맞이할 때면, 반갑고 설레이기도 하지만 시간의 흐름앞에 조금 울적해지기도 합니다. 젊음의 연료가 조금씩 줄어드는 건 아닐까 괜한 걱정도 들고요. 그러던 어느 겨울, 한 미술관 모퉁이에서 싱그러운 풋사과 모형과 함께 적힌 사무엘 울만의 시 '청춘'의 한 구절을 만나 마음이 뜨거워졌던 기억이 납니다.

청춘靑春이란 새싹이 파랗게 돋아나는 봄철이라는 뜻입니다. 사무엘 울만은 '청춘'이라는 시를 78세에 썼고, 노년이 되어서도 도움이 필요한 이들을 위해 헌신하는 삶을 살았다고 합니다. 진정한 '청춘'을 생명력 있는 시로, 자신의 삶으로 보여준 것이지요.

시간이 흘러도 변치 않는 것이 있다면 바로 '나'입니다. 깨어 있고 유연하고, 늘 배우며 영감을 나누는 이들에게는 나이와 상관없이 싱싱한 에너지가 느껴집니다. 자연스러운 백발의 머리를 하고, 세월의 흔적이 담긴 인자한 미소와 자연스러운 주름으로 자신이 원하는 삶의 방식을 만들어 가는 분들도 많습니다. 유튜버 밀라논나, 70이 넘은 나이에 아카데미 조연상을 수상한 배우 윤여정 등은 싱그러운 청춘의 삶을 보여주는 아이콘입니다.

우리가 어떤 시간을 살고 있든, 앞으로 어떤 시간을 살아가든 나이와 시간을 초월하여 청춘의 삶을 살고 있기를 바랍니다. 계절과 자연의 이치, 시간의 흐름은 어찌 할 도리가 없지만, 내 삶을 청춘으로 만드는 의지와 힘은 우리 자신에게 있으니까요.

1. 사무엘 울만은 청춘은 강인한 의지, 풍부한 상상력, 불타는 열정, 인생의 깊은 샘에서 솟아나는 신선한 정신, 두려움을 물리치는 용기, 안이함을 뿌리치는 모험심, 이 모든 것이 탁월한 정신력을 뜻한다고 말합니다. 이 중, 당신이 의식적으로 키우고 싶은 것은 무엇인가요?

2. 그것을 키우기 위해 어떤 노력을 하면 좋을까요?

우리는 해가 지날수록 나이 들어가는 것이 아니라, 매일 더 새로워지는 것입니다.
에밀리 디킨슨, 미국 시인

차곡차곡 쌓이는 스노우볼

인생이란 눈덩이를 굴리는 것과 같다. 습기를 머금은
작은 눈덩이를 찾는 일과 그것을 평생 굴릴 수 있는
언덕을 발견하는 것이 인생이다.

― 워런 버핏, 미국 투자가

눈 오는 날, 주먹만 한 눈덩이를 굴리고 굴려 커다란 눈사람을 만들고 나면 뿌듯한 마음이 들곤 합니다. 고단한 시간을 거치고 노력이 쌓이며 특별한 의미가 부여되지요. 이처럼 작은 행동이 시간이 흐름에 따라 가속도를 내고 증식되는 것을 경제용어로는 스노우볼 효과 snowball effect라 부르고, 비슷한 말로 '복리의 효과'라 표현합니다. 아인슈타인은 역사상 가장 위대한 발견은 자신의 상대성 이론이 아니라 복리 compound interest rate라고 했고, 록펠러도 "복리는 세상의 8번째 불가사의"라는 말을 남겼을 만큼 시간의 축적은 큰 힘을 가집니다.

　삶의 많은 영역도 이런 복리의 힘이 작용하지 않을까요? 크고 작은 습관 만들기, 나선형으로 성장하는 공부법, 꾸준히 콘텐츠를 발행하는 일, 한 분야를 깊고 넓게 파보는 일 등이 있을 테지요.

　그 시작이 작고 초라하게 느껴지기도 하고, 눈덩이를 굴리다가 쉽게 지치기도 합니다. 타인이 무심코 건넨 말에 영향을 받아 무언가를 원치 않는 방향으로 만들기도 하죠. 하지만 정말 원하고 이루고 싶은 것을 발견했다면 그것을 단단하게 내 것으로 만들어가는 시간, 축적의 힘을 믿어보세요. 시간이 흐른 어느 날, 그 결과물은 다른 사람이 쉽게 흉내 낼 수 없는 차이를 만들어낼 테니까요.

　요즘 꽂혀 있는 것, 중요하게 생각하는 것, 최소 3년 이상 집중해보고 싶은 것, 지금 눈앞에 놓인 스노우볼을 생각해보세요.

　무엇부터 시작하고 싶나요?

1. 당신이 키우고 싶은 스노우볼은 무엇인가요? 유무형의 콘텐츠, 미래를 위한 배움, 미래의 창업자금, 공들이고 싶은 소중한 사람과의 관계 혹은 노후를 위한 실제 투자들도 있겠지요. 지금은 작지만 의미 있게 키우고 싶은 스노우볼을 적어봅니다.

2. 그중 가장 집중해서 키우고 싶은 스노우볼 세 가지는 무엇인가요? 그 스노우볼이 10년 후에는 어떤 모습으로 커져 있으면 좋을지 상상해봅니다.

3.　　그 모습이 되기 위해, 오늘부터 실행하면 좋을 것을 적어봅니다.

작은 변화가 일어날 때 진정한 삶을 살게 된다.
레프 톨스토이, 러시아 소설가

30년 후의 나를 만나러 가는 길

나는 삶이 끝나는 순간,
그저 생의 세월로만 살아왔다는 생각을 하기는 싫다.
그 세월과 더불어,
생의 넓이만큼 아름드리 살아왔다고 자부하고 싶다.

— 다이앤 애커먼Diane Ackerman, 미국 에세이스트

만약 30년 후의 나와 대면할 수 있다면, 당신은 미래의 나에게 무엇을 묻고 싶나요? 그리고 미래의 나는 지금의 나에게 어떤 지혜의 이야기를 건네줄까요?

이 질문은 조금 낯설고 어려울 수도 있지만, 매우 중요한 질문입니다. 미래의 모습은 그동안의 가치와 선택이 누적된 나의 총합일 테니까요. 그러기에 미래의 내가 현재의 나에게 해주는 말은 고민의 실마리를 풀어줄 중요한 단서가 될지도 모릅니다.

한번, 눈을 감고 가만히 상상해볼까요? 30년 후, 당신은 어떤 모습으로 어디에 있을까요? 미래의 나는 어떤 경험과 지혜를 가진 사람이 되어 있을까요? 그 모습을 구체적으로 떠올리며 상상해보세요. 어떤가요, 만나보셨나요? 그 모습을 다음 페이지의 답변란에 적어보세요. 30년 후의 어느 날, 이 책을 다시 펼쳐봐도 좋겠지요. 프랑스의 소설가이자 비평가 폴 부르제는 "생각하는 대로 살지 않으면, 사는 대로 생각하게 된다"는 말을 남겼습니다. 그저 시간의 흐름에 맡겨버린 삶이 아니라 나의 의식과 의지로 삶을 가꿔간다면 분명 상상하는 그 모습과 가까워질 겁니다. 나의 가능성과 잠재력이 완성되어가는 바로 그 모습 말이지요.

후회와 아쉬움만으로 뒤덮인 삶이 아닌, 내가 상상한 그 모습과 가까워지기 위해 오늘부터 무엇을 시도하면 좋을까요?

1. 30년 후의 오늘을 상상해보세요. 당신은 몇 살이 되었나요? 미래의 나는 어떤 모습으로 현재의 당신을 맞이하고 있을지 상상하고 적어보세요.

2. 30년 후의 당신이 지금의 당신에게 무슨 말을 건네줄까요? 그가 나에게 지혜가 담긴 선물을 준다면, 그것은 무엇일지 생각해봅니다. 그 선물이 의미하는 것은 무엇일까요?

3. 상상했던 그 모습에 가까워지기 위해, 지금부터 시도하면 좋을 것을 적어봅니다.

늙어가는 법을 안다는 것은 지혜의 걸작으로, 위대한 삶의 예술 가운데서도 가장 어려운 장에 속한다.
헨리 프레데리크 아미엘, 스위스 철학자

시작하기 가장 좋은 때

사람들은 늘 내게 늦었다고 말했어요. 하지만 사실
지금이야말로 가장 고마워해야 할 시간이에요.
진정으로 무언가를 추구하는 사람에겐
바로 지금이 인생에서 가장 젊을 때입니다.
무언가를 시작하기에 딱 좋은 때이죠.

— 애나 메리 로버트슨 모지스, 미국 화가

88세의 나이에 '올해의 젊은 여성'으로 선정된 미국의 국민 화가 모지스 할머니는 76세에 그림을 그리기 시작해 101세까지 왕성히 활동하며 〈타임〉지의 표지를 장식하기도 했습니다. 이웃과 함께하는 따스한 풍경, 웃음이 가득한 마을, 계절의 변화를 화폭에 담은 모지스 할머니의 행보는 뒤늦게 꽃을 피우는 레이트 블루머late bloomer의 표본입니다. 모지스 할머니는 "진정으로 심장이 시키는 일이 있다면 그 순간이 우리의 삶에 있어 가장 젊고 적절한 때입니다"라 말하며, 인생에 늦은 때란 없음을 자신의 삶을 통해 보여주었습니다.

세계적인 디자이너 알레산드로 멘디니는 58세가 되어서야 자신의 아뜰리에를 열었고, 칼 라거펠트는 50세에 샤넬의 아트디렉터가 되었지요. 피아니스트인 아르투르 루빈스타인도 89세에 카네기홀에서 연주했으며, 한국의 도예가 박영숙은 어릴 때부터 지켜보고 품었던 도예를 쉰의 나이에 작품으로 만들기 시작했다고 합니다.

주위를 둘러보면 우리 곁에 이미 레이트 블루머가 존재합니다. 남들이 늦었다고 말하는 시기에 학업을 시작하거나, 새로운 일에 도전하며 영감을 주는 사람들 말이지요.

미래는 내가 스스로 만들어가는 것이며 결코 늦은 시기란 없다는 것을. 그렇게 나다운 꽃을 피운다는 삶의 진리를, 우리는 누구보다 '앞서 간' 레이트 블루머를 보며 배웁니다.

1. 언젠가 해봐야지, 하고 깊이 마음먹은 일들이 있나요? 있다면 그것은 무엇인가요? 그 일을 지금 할 수 없는 까닭은 무엇인가요?

2. 지금 하지 않으면 훗날 후회할 것 같은 일은 무엇인가요?

3.　　그 일을 현실로 만들기 위해서 무엇이 필요할까요?

Chapter 3 'Future: 나를 나아가게 하는 힘'에서 새롭게 발견한 것 또는 영감을 받은 문장이나 이야기는 무엇이었나요? 마음에 새길 수 있도록, 이곳에 기록해보세요.

CHAPTER 4

Emotion

마음의 주인이 되어

우리는 밝고 기쁜 기억도, 동시에 상처와 슬픈 기억도 안고 살아갑니다. 삶이 늘 화사하면 좋을 텐데, 나를 시샘하듯 때로는 차가운 바람이 마음을 할퀴고 매서운 추위에 마음이 꽁꽁 얼어버리는 날도 있습니다. 그럴 때면 외로움과 불안에 온기를 잃은 창백한 마음이 아픈 시간을 견뎌야 했지요.

하지만, 한 차례의 꽃샘추위가 지나면 언제 그랬냐는 듯 봄이 오고 꽃이 피고 냇물이 흐르며 새들이 지저귑니다. 봄바람의 따스한 기운에 들판의 꽃, 얼었던 마음은 다정히 피어나지요. 그리고 그 힘든 시간을 이겨낸 사람은 기꺼이 가슴을 열어 자연의 이치와 계절의 감각, 자유로운 공기를 누구보다 만끽하며 봄을 누릴 자격을 얻게 됩니다.

당신이 가장 흔들렸던 순간은 언제인가요? 흔들리는 바람과 시린 추위 속에 당신의 마음은 어떠했나요? 그 바람과 추위가 당신에게 가르쳐준 삶의 진실은 무엇인가요?

폭풍 같은 시간의 능선을 건너온 당신, 이제 아팠던 마음을 알아봐주고 봄바람과 함께 자유롭게 거닐어보세요.

Emotion: 마음의 주인이 되어

　당신은 마음의 주인으로 살고 있나요? 당신의 마음이 잘 지내고 있는지 종종 안부를 묻고 있나요? 무엇을 느끼고 있는지, 무엇에 가슴 뛰며 행복한지, 무엇에 슬퍼하며 헛헛해하는지, 귀 기울여 듣고 있나요?

　어쩌면 우리는 '감정'이란 의미 있는 언어를 배우지 못한 채 어른이 되었는지도 모릅니다. 감정을 돌보는 일, 진실한 자신을 바라보는 용기를 점점 잃고 사는지도 모르겠습니다. 감정을 논하는 것이 사치라고 여기거나 성장에 방해된다고 생각하는 이들도 종종 만나곤 합니다. 애써 괜찮은 척하며 마음의 소리를 외면하기도, 건강하지 못한 방식으로 감정을 표현하면서 말이지요.

　당신의 마음은 어떠한가요? 그 마음은, 지금 어떤 말을 건네고 있나요?

　감정은 나를 나답게 만드는 가장 중요한 요소입니다. 삶의 질을 좌우하는 중요한 시그널이지요. 감정을 뜻하는 emotion은 밖으로의e 행동motion을 뜻합니다. 움직임을 이끌어내는 마음의 근육이자 존재의 핵심입니다. 나의 어떤 욕구가 좌절되었는지, 그 마음이 보내고 있는 중요한 신호는 무엇인지 섬세히 귀 기울여야 하는 까닭이지요.

　내 삶의 주인이 된다는 것은, 바로 감정의 주인이 되는 것을 말합니다. 그것은 나의 감정을 수용하고 나의 감각에 문을 두드려, 내가 원하는 삶을 선택하는 자유를 느끼는 것이랍니다.

　내 감정을 뒤흔드는 것이 무엇인지 관찰하며 아이를 안아주는 엄마의 마음으로, 자애로운 할머니의 마음으로 스스로를 바라봐주면 좋겠습니다. 깊은 대화를 나눌 수 있는 안전하고 진실된 사람을 곁에 둔다면 더욱 좋겠죠. 그 다정한 경험을 자주 하며 삶의 환한 빛을 기꺼이 누리시길 바라요.

저는 영국 작가 버지니아 울프의 이 문장을 좋아합니다. 이 짧은 문장은 제가 원하는 삶의 모습을 텍스트로 압축해놓은 것 같아 인용하곤 합니다.

I am rooted, but I flow.
나의 뿌리는 깊지만, 나는 흐르고 있다.

뿌리 깊고 단단한 마음으로 자연스럽고 유유하게 흐른다는 것은 어떤 것인지. 나 자신 그리고 타인, 이 세상과 건강히 대화하고, 건강하게 연결된다는 것은 어떤 것인지. 그러기 위해 어떤 마음가짐을 갖고, 어떤 선택을 해야 할지 묻게 됩니다.

〈Emotion: 내 마음의 주인이 되어〉 챕터에서는 여러분이 스스로의 마음에 다정히 노크하며 감정의 목소리를 들어주기를. 자신의 존재에 이끌려 흐르기를. 그래서 당신이 유연하게 앞으로 나아가기를. 조금 더 편안하고 자유로워지기를 바랍니다.

이제 당신의 마음에 노크해보세요. 당신 마음, 잘 있나요?

I am rooted, but I flow.

―――――――

나의 뿌리는 깊지만, 나는 흐르고 있다.

— 버지니아 울프, 영국 작가

슬픔이여 안녕

당신의 슬픔을 안아주어라.
거기서부터, 당신의 영혼은 자랄 것이다.

─카를 구스타프 융, 스위스 심리학자

당신은 미처 치유되지 못한 상처나 슬픔과 어떻게 만나고 있나요? 스스로에게 위로의 말을 잘 건네고 있나요?

슬픔과 아픔은 숨기는 것이 아니라 그 소리를 고요히 들어야 할 소중한 감정입니다. 감정은 나에게 무엇이 필요한지 알려주는 센서와도 같습니다. 슬픔과 아픔에 대한 이해 없이는 삶의 아름다움도 오롯이 느끼기가 힘들지요. 우리의 모든 감정은 각자의 이유를 가지고 있답니다.

문학평론가 신형철은 《슬픔을 공부하는 슬픔》에서 "우리에게 닥쳐오는 슬픈 일을 미리 알고 막아낼 수는 없다. 중요한 것은 그 슬픔을 어떻게 겪어내느냐에 있는 것이다"라고 말합니다. 상황은 우리가 어찌할 도리가 없지만, 우리가 겪은 슬픔은 스스로 치유하고 보듬을 수 있다는 뜻이겠지요.

갑작스럽게 몰아친 슬픔에 잠식되거나 슬픔을 외면하기보다 얼마나 아팠는지 돌아보며, 마음에 난 생채기를 살펴봐주세요. 마음의 연고도 발라주고, 마음에 머물러주는 것도 필요합니다.

"나에게 그런 마음이 있었구나. 그때, 많이 슬펐구나. 속상했지? 괜찮은 줄 알았는데, 미처 그 마음 다 알아주지 못했구나. 지금은 마음이 좀 어때?"라고 말이죠.

애써 괜찮은 척, 쿨한 척해왔던 가면은 잠시 벗어두고 내 안의 어떤 감정도 머무르고 느끼고 표현될 수 있음을 인정해주세요.

슬픔을 맞이하고, 꼭 안아주고 그리고 떠나보내세요. 슬픔을 그렇게 서서히, 건강히, 유유히 떠나보내시길 바랍니다. 슬픔이여 안녕.

1. 미처 안아주지 못한 오래된 슬픔이 있나요? 그 슬픔은 어떤 일에서, 누구에게서 생긴 감정인가요?

2. 그 오래된 슬픔을 가진 스스로에게 건네주고 싶은 말이 있다면 적어봅니다.

3. 지금 그 말을, 당신 스스로에게 해주세요. 거울을 보고 해도 괜찮고, 소리 내어 읽어봐도 좋답니다. 그 말을 들으니, 지금 기분이 어떤가요?

나를 줄곧 떠나지 않는 갑갑함과 아릿함, 이 낯선 감정에 나는 망설이다가 슬픔이라는 아름답고도 묵직한 이름을 붙인다. 이 감정이 어찌나 압도적이고 자기중심적인지 내가 줄곧 슬픔을 괜찮을 것으로 여겨왔다는 사실이 부끄럽게까지 느껴진다.
프랑수아즈 사강, 《슬픔이여 안녕》[15]

존재에 새겨지는 감정

진정으로 우리 존재에 새겨지는 것은 사물에 대한
우리의 감정이라고 그들은 믿고 있었다. 우리가 사물에
대해 느끼는 감정은 우리의 몸의 모든 세포, 인격의
중심, 마음속 그리고 우리의 자아 속에 기록된다.

― 말로 모간, 《무탄트 메시지*》

---

*   무탄트: 호주 원주민인 오스틀로이드 부족이 문명인을 일컫는 말. 중요한 변화가 일어나 원
     래의 모습을 상실한 자를 의미함.

우리는 감정을 돌보는 일을 소홀히 하곤 합니다. 꾹꾹 누른 감정이 갑작스럽게 터져나오기도 하고, 번아웃으로 찾아오기도 하지요.

감정의 소중함을 잊지 않기 위해서는 어떤 노력이 필요할까요? 감정의 가치와 의미를 이론적으로 설파한 석학도 많지만, 이번에는 호주 원주민 부족 오스틀로이드의 지혜가 담긴 《무탄트 메시지》의 한 구절을 나누고 싶습니다.

오스틀로이드는 훌륭한 사람과 하찮은 사람을 구별하는 것은 '무형의 감정'이라 여기며, 우리는 삶의 순간순간 어떤 감정으로 살았는가를 기록한 '감정 성적표'를 품고 이승을 떠난다고 합니다. 마음으로 대화하고, 타인에게 진실한 삶을 중요한 가치로 여기는 것이지요. 매일 느끼는 감정이 쌓여 한 사람의 자아를 형성한다고 믿으며, '나이 드는 것'보다 '나아지는 것'을 축하하며 산다고 합니다.

인간의 존엄과 자연을 귀하게 여기는 그들의 투명한 생각들을 읽고 있으면 가공되지 않은 호주의 대자연처럼 깨끗한 기분이 듭니다. 현실에서 놓치고 있는 것이 무엇인지 돌아보게 하지요.

우리의 기억은 시간이 지남에 따라 옅어지지만, 감정은 시간이 지날수록 깊이 파고듭니다. 그 감정은 마음에 오래도록 새기고 싶은 유쾌하고 행복한 감정일 수도, 새길수록 아파오는 비참하고 겁먹은 감정일 수도 있겠지요.

문득 오스틀로이드처럼 우리가 스스로에게, 그리고 소중한 이들에게 새기고 있는 감정은 어떤 것인지 생각해보게 됩니다.

당신의 마음은 요즘 어떠한가요? 어떤 감정을 새기고 있나요?

1. 오늘 하루, 당신이 느끼는 감정들을 자세히 관찰하고 느껴보세요. 당신이 주로 느낀 감정은 무엇인가요?

2. 이런 감정으로 새겨진 오늘 하루에 어떤 이름을 붙여보고 싶나요?

3. 최근 당신이 무의식 중에 던진 말로 소중한 누군가가 상처받진 않았나요? 상대는 어떤 감정을 느꼈을까요? 상대에게 전하고 싶었던 말, 감정은 무엇이었는지 적어 봅니다.

나를 위한 소울 테라피

가슴 한편에 슬픔을 간직한 그대, 시를 읊어라. 격언을
읽어라. 아름다운 음악을 듣고 현실을 잊게 하는 경치를
멀리 바라보라. 그리고 과거의 멋진 순간을 기억하라.
머지않아 시간이 밝아온다. 괜찮은 인생이라고 생각되기
시작한다. 미래를 향해 가는 것이 기쁘다.

— 헤르만 헤세, 《헤세를 읽는 아침》[16]

영혼의 목소리에 집중했던 헤르만 헤세는 상처 입은 자신을 치유하고 타인의 삶까지 일으켜 세우는 지혜로운 안내자와 닮아 있습니다. 강압적인 학창 시절과 억압된 가정환경 속에 격렬한 청소년기를 보낸 그는 글과 음악으로 마음을 회복시켰습니다. 정신적 스승과도 같은 니체, 카를 구스타프 융 등의 철학자와 심리학자의 세계관을 습득하며 자신만의 긍정과 명랑한 개성을 만들어갔지요.

내면 깊은 곳에서 나온 생각을 삶에서 실천하는 용기로 전통과 관습을 깨며 자아의 개성을 중요하게 여긴 헤르만 헤세. 그의 신념은《데미안》《싯다르타》《수레바퀴 아래서》 등을 통해 깨끗한 글로 빚어졌고, 그의 책은 독자의 마음을 정화하곤 하지요. 헤르만 헤세는 그림과 음악 등 예술에도 조예가 깊었습니다. 그는 "음악은 내가 무조건적으로 경탄을 바치는, 반드시 존재해야 한다고 믿는 유일한 예술이다"라고 말할 정도로 음악과 깊이 교감했습니다.

이토록 문학과 음악을 자기 삶의 중심으로 둔 헤르만 헤세는 슬픔이 찾아오면 시를 읊고, 격언을 읽고, 아름다운 음악을 들으며 경치를 바라보기를 제안합니다. 마음이 지친 날, 고민이 많은 날, 슬픔에 잠긴 날, 당신은 무엇을 통해 위안을 받나요?

당신의 영혼을 아름답게 가꿔주는 일을 떠올리고 나눠보세요. 분명더 다정한 하루를 만들게 될 겁니다.

1. 당신의 마음을 위로해주는 것은 무엇인가요? 음악, 영화나 책, 좋아하는 음식, 친구와의 대화, 고요한 산책 등 떠오르는 것을 차근히 적으며 당신의 'Soul Therapy List_소울 테라피 리스트'를 만들어보세요.

사람은 모름지기 매일매일 몇 곡의 노래를 듣고, 좋은 시를 쓰고, 아름다운 그림을 봐야 한다
그리고 좋은 말을 나눠야 한다.
요한 볼프강 폰 괴테, 독일 문학가

감정은 시와 같아서

한 알의 모래에서 세상을 보고 한 송이 들꽃에서 천국을
보려면 그대 손안에 무한을 쥐고 찰나 속에서 영원을
붙잡아라.

— 윌리엄 블레이크William Blake, '순수의 전조Auguries of Innocence'

얼마 전, 한 친구가 삶이 권태롭고 고민이 많다는 메시지를 보내왔습니다. 이런저런 이야기를 나누다 요즘 일기를 쓰기 시작한다며 한 페이지를 찍어 보내주었는데요. 복잡한 심경을 글로 세세하게 묘사한 문장이 절절한 시의 한 구절 같아 감탄했던 기억이 납니다.

글쓰기에 탄력을 받은 그 친구는 최근 용기를 내 SNS에 글을 올리기 시작했고, 좋은 반응을 받으며 활력 있는 나날을 보내고 있습니다. 감정의 격동이 만들어낸 창조적인 승화의 장면이기도 하지요. 결핍과 아픔은 우리를 시인으로, 예술가로 만드니까요.

창의성 하면 빼놓을 수 없는 애플의 창업자 스티브 잡스는 생각이 정리되지 않을 때마다 시를 읽고 또 읽으며 내면화했다고 합니다. 특히 윌리엄 블레이크의 '순수의 전조' 앞쪽 구절을 아껴 읽으며 영감을 많이 받았다고 하지요. 아이폰을 개발할 때도 시적 감수성과 은유를 디지털 언어와 디자인에 녹여내고, 애플의 세계관을 확장했습니다.

한 알의 모래에서 세상을 보고, 한 송이 들꽃에서 천국을 느끼고, 순간을 영원으로 만드는 시인의 눈과 마음은 치유제이자, 사유를 길어올리는 우물, 창조성의 뿌리가 되어주곤 합니다.

혹시 감정을 표현하고 느끼는 것이 어렵다면, 시를 읽으며 감수성을 깨워보면 어떨까요?

1.   지금 당신의 마음은 어떠한가요? 그 마음을 묘사한다면 어떻게 할 수 있을까요?
      가령, 향기, 계절, 온도, 꽃, 날씨, 꽃, 도시, 색 등으로 표현해볼 수 있겠지요. 떠오르
      는 표현들을 편안하고 자유롭게 적어봅니다.

생각이 막힐 때 시를 읽으면 아이디어가 샘솟는다.
스티브 잡스, 애플 창업자

시인의 감수성을 가진 이들의 말

○ 브랜드는 시에서 싹을 틔우고 산문으로 뻗어간다. 그런 시를 특정 공간, 기업 또는 브랜드 내에 최대한 오랫동안 유지하는 것이 관건이다.

　　―제임스 프리먼(블루보틀 커피 창업자)

○ 디자인은 시와 같고, 감성을 주고, 생각하게 하며, 미소와 로맨스를 건네는 일이다.

　　―알레산드로 멘디니(디자이너)

○ 시인은 헤아릴 수 없는 먼 과거의 기억들을 갖고 돌아오는 자들, 인류가 잃어버린 그 무엇, 즉 물의 신성함과 태초의 낙원을 꿈꾸는 자들일 테다.

　　―장석주(시인)

○ 시인들은 우리가 꿈꾸는 시스템을 생각해낸 원초적인 사상가들이다. 그들은 우리가 처한 복잡한 환경을 이해하기 쉽게 바꾸고, 은유와 상징을 매개로 해결책까지 제시한다.

　　―시드니 하먼(하먼 인더스트리 창업자)

○ 시를 쓸 때면 난 마법에 걸린다. 울고 있는 아이도 나, 피었다 이내 지는 꽃들도 모두 나다.

　　―헤르만 헤세(작가)

○ 나에게는 자연과 예술, 그리고 시가 있다. 그것으로 충분하지 않다면, 무엇으로 충분하단 말인가?

— 반 고흐(화가)

○ 시인들은 우리 모두를 대신해 삶이 안겨주는 상처에 대해 말하는 사람들이며, 우리는 치유에 접근하기 위해 그들의 말에 귀를 기울여야 한다.

— 빌 모이어스(저널리스트)

○ 나의 연구는 언제나 인간의 가슴에 있는 시정詩情으로 향했다.

— 르 코르뷔지에(건축가)

○ 시를 읽는 것은 자기 자신으로 돌아오는 것이고 세상을 경이롭게 여기는 것이고 여러 가지 감정을 경험하는 것이다.

— 류시화(시인)

○ 삶이 가장 강렬한 방식으로 응축되는 것이 시예요. 시의 끝, 마지막 단어에 이르면 시의 심오한 의미가 폭발해서 우리의 의식에 쏟아지는 느낌이 들어요. 모든 단어 하나하나가 이 심오한 의미를 향해 차곡차곡 쌓이죠.

— 시모어 번스타인(피아니스트)

○ 시는 복잡한 감정의 명확한 표현이다.

— W.H 오든(시인)

행복을 캔버스에 담는다면

인생의 고통은 지나가지만 아름다움은 영원히 남는다.

— 피에르오귀스트 르누아르 Pierre-Auguste Renoir, 프랑스의 인상주의 화가

사람들의 웃음과 밝은 색감이 화폭에 수놓아진 르누아르의 그림에는 긍정적인 생명력이 느껴지곤 합니다. '행복을 그림으로 그린다면 이런 것일까?'라고 생각될 만큼 온화하고 낭만적이지요.

좋은 환경에서 그림을 그렸을 것 같은 르누아르의 삶에는 우여곡절이 많았습니다. 생계조차 어려운 가난한 환경에서 자랐고 명성을 얻은 후에도 부상을 당해 붓조차 잡을 수 없는, 류머티즘 발작도 겪었습니다. 하지만 그는 "그림은 즐겁고 아름다운 것이다. 사람들을 불쾌하게 만드는 건 인생이나 다른 작품에 충분히 많다"라는 신념을 가진 낙관주의자였습니다. 어떤 상황에서도 화사한 빛의 표현, 여성과 아이들, 행복을 화폭에 담는 일을 멈추지 않았습니다. 상황에 지배당하기보다, 특유의 긍정성과 아름다움을 화폭에 담아낸 것이지요.

예술의 아름다움은 화가의 주된 정서와 생각이 붓 터치 하나하나에 고스란히 묻어나며 빛을 냅니다. 자신의 상황과 환경에 불평하기보다 '행복'이라는 마음의 안경을 쓰고 스스로를 구원한 르누아르의 그림처럼 말이죠.

"인생의 고통은 사라지지만, 아름다움은 영원히 남는다"라는 그의 말처럼, 우리 곁에 영원히 남겨둬야 할 아름다움에 대해 생각해보게 됩니다.

1. 르누아르는 힘든 상황에서도 '행복'이라는 렌즈로 세상을 바라보며, 아름다움을 화폭에 담았습니다. 만약 르누아르가 당신에게 '행복이라는 안경'과 펜을 선물한다면 당신은 일상의 어떤 장면을 그림으로 그리고 싶나요? 행복한 나, 행복한 누군가, 행복한 풍경과 사물 그 어떤 것이든 지금 떠오르는 '행복'의 모습을 그리거나 적어보세요.

내 마음에 빛을 쬐려면

모든 것에는 빈틈이 있어요. 그 틈으로 빛이 들어오죠.

—레너드 코헨Leonard Cohen, 캐나다 시인·가수

잘하고 싶은 마음, 완벽하게 해내고 싶은 마음에 압도되어 오히려 한 발짝도 나아가기 힘들 때가 있습니다. 부담감에 일을 미루거나 그르치기도 하지요. 저 역시 강의를 하거나 글을 쓸 때 완벽을 바랄수록 과도한 힘이 들어가는 지점을 발견합니다. 힘을 뺀, 자연스러움의 기술이 필요한 상황이지요.

그럴 때마다 취약성과 수치심에 대해 연구해온 심리 전문가 브레네 브라운의 말을 떠올립니다. 완벽주의는 자기계발이나 최고가 되기 위해 노력하는 것과 다르며, 자신의 수치심을 방어하기 위한 위험한 방법이라는 것을요.

그녀는 저서 《마음가면》에서 자신의 불완전성을 아름답게 여길 때, 온 마음을 다하는 전인적인 삶wholehearted life, 충만하고 충분한 삶을 살아갈 수 있다고 전합니다. 세상에 완벽이란 존재하지 않기에, 완벽주의는 자기파괴적이고 중독성을 가질 수 있다는 우려도 나타냅니다.

취약한 모습은 흠이 아닌, 특별한 모습이기도 합니다. 내가 어떤 사람인지, 삶에서 중요한 것이 무엇인지 깨닫게 해주기도 하지요. 심리학자 알프레드 아들러Alfred Adler는 "우리가 부족하다고 생각하는 것이 우리가 삶에서 무엇이 될 것인지를 결정한다"는 말도 남겼으니까요.

온전한 삶은 완벽함이 아닌, 불완전하고 빈틈이 있다는 것을 기억해보세요. 불완전한 나를 더 아끼고 공감해보세요. 그 빈틈 사이로 더 많은 사람, 사랑, 빛이 들어올 테니까요.

1. 당신이 생각하는 당신의 취약점은 무엇인가요?

2. 주로 어떤 상황에서 자신의 취약점을 마주하나요?

3.　당신의 취약점을 용기 있게 나누며 충만해졌던 경험이 있다면 적어봅니다.

매일 새롭게 태어나는 마음

아침을 바라볼 때는
마치 만물이 거기서 태어나듯이 바라보라.
현자란 모든 것에 경탄하는 자이다.

－앙드레 지드, 프랑스 소설가[17]

충만한 삶은, 세상 만물에 경탄하고 감사하는 삶이라고 합니다. 중요한 순간을 음미하고 경탄하는 것은 삶에 끊이지 않는 신선함을 줍니다. 일상의 고단함과 익숙함도 다른 각도로 바라보게 하지요.

앙드레 지드는 《지상의 양식》에서 감각한다는 것은 무한한 현존^{現存}이며, 생의 즐거움을 만끽하고 존재를 기뻐하는 것이라고 표현합니다. 만물이 태어나듯 아침을 바라보며 새로운 시선을 갖고 경탄하는 삶을 살라는 그의 문장은 오래도록 남아, 아침을 새로운 마음으로 열게 합니다. 그러다 보면 그의 책 제목처럼 건강한 양식이 삶과 정신에 스며들 것만 같습니다.

사시사철 새롭게 피어나는 자연의 이치처럼, 우리의 삶과 나의 존재가 부단히 발전하고 나아가고 있음을 깨닫게 됩니다.

주변의 변화와 내면의 소리에 귀 기울이고 바라보면서, 인간이 느낄 수 있는 최고의 경지, 경탄을 누려보세요. 지금 여기, 내 눈과 마음에 펼쳐진 세상을 온전히 느껴보세요. 경탄과 감사를 통해 삶의 관찰자에서 적극적인 참여자가 될 수 있을 겁니다.

더 주의 깊게 보고, 알아차리고, 호기심을 갖고 바라보는 것. 그 '바라봄'은 건강한 씨앗이 되어 우리 삶을 풍성하고 풍요롭게 가꾸어줄 겁니다. 삶은 우리의 소중한 양식이자 재산이니까요.

1. 당신은 어떤 감각(시각, 청각, 후각, 미각, 촉각)이 가장 발달했나요?

2. 그 감각을 삶과 일에서 어떻게 느끼고 활용하고 있나요?

3. 최근에 감탄했던 사물이나 풍경은 무엇이었나요? 또는 나를 감동하게 한 사람에 대해 묘사해봅니다. (ex. 한강에 비친 달빛, 봄햇살 같은 아이들의 웃음)

마음의 공간을 넓히며

자극과 반응 사이에는 공간이 있다.
그 공간에서 반응을 선택하는 힘은 우리 안에 존재한다.
우리의 반응에 성장과 자유가 좌우된다.

— 빅터 프랭클Viktor E. Frankl, 오스트리아 심리학자

우리는 하루에도 몇 번씩 크고 작은 자극을 받곤 합니다. 그리고 그 자극은 상대의 언행에서 시작될 때가 많습니다. 자극은 우리의 마음에 당혹감, 상처, 불쾌감, 속상함, 놀람과 같은 다양한 감정을 여과 없이 끄집어내곤 합니다.

자극과 불편한 감정이 우리를 압도할 때 어떤 선택을 해야 나 자신도, 그리고 자극을 준 상대도 안전하게 지킬 수 있을까요?

심리학자 빅터 프랭클은 자극과 반응 사이에 공간이 있으며, 반응을 선택하는 힘은 우리 안에 있다고 말합니다. 자극은 우리의 의지로 일어난 일이 아니기에 막을 수 없지만, 반응은 우리의 자유의지로 선택할 수 있다는 것이지요. 그 공간은 자극을 받았을 때 잠시 멈추어, 지금 내가 무엇을 느끼는지 알아차리고 의식을 지금 여기here and now로 가져오는 것을 말합니다. 또한 표류하는 생각과 감정을 차분하고 고요하게 들여다보는 과정을 뜻합니다.

자극을 받고 감정이 고조되면 우리는 상대를 '고쳐야 할' 대상으로 바라보고 이에 저절로 떠오르는 판단과 비난, 비교의 생각을 여과 없이 내뱉곤 합니다.

내가 무의식적으로 내뱉는 말은 어떤 의미인지, 그것이 정말 맞는 것일지. 나를 먼저 의식하고 돌아보세요. 내가 틀릴 수도 있다는 수용적 자세와 나를 돌아보는 성찰 그리고 나의 감정을 바라보고 깨닫는 쉽지 않은 과정을 헤쳐나가다 보면, 분명 더 자연스럽고 성숙한 반응을 선택하는 당신을 만나게 될 테니까요. 진정한 변화는 시작됩니다. 바로 나 자신으로부터 말이죠.

1. 당신을 주로 자극하는 대상이나 상황을 적어봅니다. 자극을 받을 때 당신은 어떻게 반응하곤 하나요?

2. 자극과 반응 사이의 공간을 넓히기 위해, 즉 자극 상황에서 마음을 다스리기 위해 어떤 의식적인 노력을 하면 좋을까요? 마음을 진정시키기 위해 노력해야 할 일들을 적어봅니다.

한 인간에게서 모든 것을 빼앗아갈 수 있지만, 한 가지 자유는 빼앗을 수 없다. 바로 어떠한 상황에 놓이더라도 삶에 대한 태도를 선택하는 자유이다.
빅터 프랭클

느리게 걷는 마음

이제부터 자신의 발걸음을 찾도록 해.
자신만의 보폭과 속도로 걸어라.

─영화 〈죽은 시인의 사회〉

한 인디언 부족에는 말을 타고 빠르게 달리다가 잠시 멈춰 뒤를 돌아보는 의식이 있습니다. 육신이 빠르게 달리느라 미처 따라오지 못한 영혼을 기다려주기 위해서랍니다. 이 이야기는 쫓기듯 살아가는 현대인에게 마음챙김과 '잠시 멈춤'의 지혜를 전합니다. 마음의 결을 정돈하며 나아가고 있는지, 소중한 순간을 놓치고 있진 않는지, 삶에 여백을 두며 살고 있는지 묻게 됩니다.

목표에 매진하는 것은 중요하지만, 몸과 마음이 보내는 신호를 감지하고 내적 성숙을 함께 채우고 있는지 고요히 점검하는 시간도 필요합니다. 우리 삶은 100미터 달리기가 아니라 긴 호흡으로 완급을 조절해야 하는 오랜 여정이니까요.

타인의 속도에 휘둘리지 않고 나만의 속도를 되찾고 싶을 때는 SNS에서 잠시 멀어지는 '디지털 디톡스'를 하며 소진된 마음을 충전하는 것도 좋습니다. 고요한 공간이나 자연에 머무르며 산책을 하고 마음을 들여다보는 것도 좋겠지요. 책을 가득 쌓아놓는 다독 대신, 책상을 정갈히 하고 좋아하는 책을 골라 문장 하나, 단어 하나에 머물며 소리 내어 읽어보거나 적어볼 수도 있을 겁니다. 사려 깊은 이와 속 깊은 대화를 나누거나 전시를 차분히 둘러보는 것도 추천드립니다. 좋은 음식을 꼭꼭 씹어 음미해볼 수도 있을 테지요. 그 무엇이든 좋습니다. 느리게 보이는 행동이 우리를 더 건강하게 채워주고, 나다운 걸음으로 당당히 걷게 할 테니까요.

요즘 당신 어떤 속도로 걷고 있나요? 그 속도는 마음에 드나요?

1. 요즘 일상을 살아가는 당신의 속도는 어떠한가요? 성큼성큼 걷나요? 재빠르게 뛰어가나요? 아니면 느릿느릿 걷나요?

2. 지금의 속도로 살아가는 스스로를 보면 어떤 생각이 드나요?

3. 당신이 생각하는 가장 나다운 걸음은 어떤 것인가요? 그 걸음을 걸을 때 당신은 어떤 감정을 느끼나요? 올바른 속도에 정답은 없습니다. 당신의 선택이 있을 뿐이지요.

마음이 건네준 초대장

남들 의견의 소음이 자기 내면의 소리를 삼키게 하지
마라.
용기를 갖고 자신의 심장과 직관을 따를 수 있어야 한다.
심장과 통찰은 자신이 진정 원하는 것을 알고 있다.

— 스티브 잡스, 애플 창업자

중요한 결정 앞에서, 우리는 여러 사람에게 조언을 구하곤 합니다. 저 역시 마찬가지고요. 하지만 각기 다른 관점에 오히려 혼란이 가중될 때도 있습니다. 사람은 저마다의 시각과 경험에 근거해 답을 내놓기 때문이죠. 심지어 묻지 않은 훈수까지 곁들이기도 합니다. 다양한 이야기를 듣고 참조하는 것은 좋지만 나에게 필요한 것을 걸러내고 구분하는 안목 그리고 때로는 과감히 직관을 따르는 용기도 필요합니다.

외부의 데이터, 자료, 의견을 수집하여 결론을 도출하는 것이 '아웃 사이드 인outside-in'이라면, 마음속에서 저절로 샘솟는 내적 동기와 목표, 직관에서 답은 찾는 것을 '인사이드 아웃inside-out'이라고 합니다. 인사이드 아웃의 대표적인 예가 창조성의 아이콘 스티브 잡스일 텐데요. 자신의 가슴을 떨리게 하는 것, 자신의 감각과 마음의 소리에 따르는 선택을 하며 독보적인 결과물을 만들어갔지요. 내 안에서 피어나는 것, 내적 동기는 그 어떤 힘보다 강력합니다. 기술뿐이 아닌 인간에 대한 이해와 심리, 예술, 철학, 문학을 꾸준히 접하며 감각과 감성을 키워야 할 이유기도 합니다.

혹시 당신의 마음이 시끄러운 소음으로 그 감각이 무뎌져 있다면 그것은 당신을 돌보라는 초대장일지도 모릅니다.

밖으로 향한 안테나를 잠시 접고, 내면의 초대에 응해 나와 만나보세요. 우리는 타인의 기대를 위해 소비되는 것이 아니라, 나의 소중한 심장과 감각으로 뜨겁게 살아가야 하니까요.

1. 살면서 타인의 의견보다 내 마음의 울림에 이끌려 선택한 일이 있나요? 그중 가장 기억에 남는 선택은 무엇인가요?

2. 그 선택은 당신에게 어떤 영향을 주었나요? 그 선택 이후, 나의 삶은 어떻게 달라졌나요?

3.   당신의 직관, 감각을 키우기 위해 시도하고 싶은 것은 무엇인가요?

가슴을 믿는 것이 지혜다.
조지 산타야나George Santayana, 미국 철학자·시인

내 마음을 알아봐주는 예술

예술은 손으로 만든 작품이 아니라
예술가가 경험한 감정의 전달이다.

— 레프 톨스토이, 러시아 소설가

예술에는 작가가 오랜 시간 쌓아온 삶의 태도와 생각, 감정이 농축되어 있습니다. 그렇기에 예술은 창작과 영감의 도구를 넘어 예술가의 감정과 나의 감정이 교감하는 매개체가 되어주지요. 지금 나에게 필요한 것은 무엇인지, 어떤 삶을 살고 싶은지 질문을 건네기도 하고요.

예술의 이런 역할을 잘 그려낸 영화 중 하나로 해체 위기에 놓인 세계적인 현악 4중주단 '푸가'의 이야기를 다룬 〈마지막 4중주〉라는 영화가 떠오릅니다. '푸가'의 멘토이자 첼리스트인 피터는 종종 미술관을 방문해, 이런 말을 나직이 읊조립니다.

"그림들은 어떤 각도로 보면 우릴 향해 문을 열어주고, 우린 안으로 들어가 화가를 만날 수 있지. 그들은 이곳에서 우리 이야기를 듣고, 우리를 지켜봐왔어"라고요.

연주회를 앞두고, 자신이 파킨슨병에 걸린 사실을 알게 된 피터는 황금빛 옷을 입고 있지만 불안한 눈동자를 지닌 렘브란트의 자화상을, 마치 해답을 갈구하는 사람처럼 응시합니다. 풍채 당당했던 젊은 날에서 안타까운 노년의 역사를 연대기처럼 그려낸 렘브란트에게 피터는 동질감을 느꼈을지도 모릅니다.

예술은 나의 감정에 귀 기울이게 합니다. 마음이 복잡할 때, 미술관을 거닐며 눈과 가슴에 와닿는 작품들과 교감하며 감정의 변화를 느껴봐도 좋겠지요. 또 그들이 전하는 메시지 속에 삶을 위한 해답이 섬광처럼 번쩍일지도 모릅니다. 자신만의 답을 찾은 〈마지막 4중주〉의 피터처럼 말이지요.

1. 정서적으로 교감하는 것처럼 좋아하는 예술가 혹은 작품이 있다면 적어봅니다. 작품이나 예술가의 어떤 부분이 특별하게 다가오나요?

2. 예술작품이 주는 심리 치유 효과는 우리 삶을 회복시키고, 새로운 자기 발견을 돕습니다. 예술가가 일궈낸 창조적 일상에서 예술과 더 교감하기 위해 해보면 좋은 것은 무엇일까요?

인생의 고난을 아는 이가 아름다움을 더 깊이 이해한다.
알랭 드 보통, 영국 철학자

빗속에서 춤춰도 괜찮아

인생이란 폭풍이 지나가기를 기다리는 것이 아니라,
빗속에서 춤추는 법을 배우는 것이다.

— 비비안 그린Vivien Greene, 영국 작가

우리 삶은 변화무쌍한 날씨와 닮았습니다. 눈부신 햇살이 내리쬐기도 하고, 잔잔한 바람이 온몸을 포근하게 감싸 안다가 갑자기 먹구름이 몰려오는 날도 있습니다. 예고 없이 세찬 빗줄기가 헤집고 들어와 마음이 솜뭉치처럼 축축하게 젖는 날도 있지요.

자연의 섭리는 어찌 할 수 없지만 내 마음의 날씨는 나에게 주도권이 있습니다. 빗속에서 울 수 있는 자연스러움, 때론 빗속에서 춤을 추는 용기도 내가 선택할 수 있지요.

비 오는 날 어린아이들의 호기심 가득한 눈빛과 반짝이는 몸짓을 본 적 있나요? 아이들은 온몸을 신나게 흔들고, 빗물 고인 물구덩이를 첨벙첨벙 밟으며 뛰어놉니다. 옷이 젖을까 걱정하는 어른들의 걱정을 뒤로한 채, 그 순간을 흠뻑 즐깁니다.

이처럼, 빗속에서 춤을 추는 것은 우리 안의 긍정성과 재미, 생동감을 끌어내겠다는 적극적인 표현입니다. 상황을 바라보는 관점의 변화와 그 과정에서 얻게 되는 배움과 성장의 의지이기도 하지요.

인생에서 흐리고 비가 오는 날에도 어린아이의 마음으로 우리 안의 낙관성과 생기를 꺼내어보면 어떨까요? 그렇게 지금, 여기, 빗속에서 춤추는 방법을 배워가면서 말이죠.

1. 최근에 겪었던 예기치 못한 난관, 어려움, 실수를 떠올려봅니다. 어떤 상황이었나요?

2. 그 상황에서 당신은 어떤 행동을 취했고, 무엇을 배웠나요?

3. 그림자같이 어두운 상황에 부딪혔을 때, 스스로에게 건네줄 긍정의 언어를 만들어본다면 무엇일까요?

두 눈의 붕대가 벗겨지던 날

우리는 두 눈에 붕대를 감고 현재를 통과한다. 시간이
흘러, 붕대가 벗겨지고 과거를 자세히 들여다보게 될
때가 되어서야 우리는 비로소 살아온 날들을 이해하고,
그 의미를 깨닫는다.

— 밀란 쿤데라, 체코 소설가

살다 보면, 꼬리에 꼬리를 무는 생각에 눈과 마음이 멀어 밤새 뒤척이는 날이 생깁니다. 겹겹이 쌓인 오해. 닿을 수 없는 꿈 앞에서 막막한 마음이 들 때도 있지요. 하지만 두 눈에 붕대를 감은 듯 깜깜했던 순간은 어느덧 시간이란 터널을 유유히 지나갑니다. 시간이 흐른 뒤에야, 우리는 미처 살피지 못했던 마음과 상황을 새롭게 바라보며 삶엔 저마다의 의미가 있었음을 깨닫게 되지요. 조금은 멀리 떨어져, 조금은 차분해진 마음으로 말이지요.

삶의 의미를 연구한 로고 테라피logotherapy(의미치료)의 창시자 빅터 프랭클 박사는 아우슈비츠 수용소에 수감되어 생사의 경계에 있을 때, 왜 살아야 하는지 아는 사람은 어떤 어려움도 참고 견딘다는 것을 생생하게 목격하고 그 경험을 글로 엮어냈습니다. 그는 시련은 우리의 삶을 성숙하게 만들어주는 의미의 씨앗이며, 고통 속에서도 의미를 발견할 수 있을 때 진정한 인간적 성취를 이룰 수 있다고 전합니다. 과거가 아닌 미래에 초점을 맞추고, 이루어야 할 과제의 의미를 알게 된다면 인간은 비극 속에서도 낙관을 발견할 수 있다는 것이지요. 해결되지 못하는 일로 마음을 쓰고 있다거나 "이번 생은 망했어!"라며 자신의 삶을 비관하고 있다면, 한 걸음 물러나 먼발치에서 현재를 바라보면 어떨까요?

1년 뒤, 5년 뒤의 나는 지금을 어떻게 해석하게 될지, 지금 겪는 나의 일이 삶에 어떤 재료로 쓰일지 생각해보세요. 먼 훗날, 한층 깊어지고 단단해져 있을 모습을 떠올리며, 삶에 의미를 부여하는 건 우리 자신이라는 빅터 프랭클의 말을 되새기면서 말이지요.

1. 살면서 가장 후회되는 일은 무엇인가요?

2. 그때의 일을 지금 시점에서 돌이켜보면 무엇이 새롭게 보이나요? 그 시간을 건너오며 어떤 것을 배웠나요?

3. 최근 고민하는 일이나 마음 쓰이는 일을 떠올려봅니다. 5년 뒤 어느 날, 지금을 회상한다면 이 일을 어떻게 해석하게 될까요? 지금 고민하고 있는 나에게 해주고 싶은 말을 적어봅니다.

내가 한때 사랑했던 사람이 어둠으로 가득 찬 상자를 주었다. 이 또한 선물이라는 것을 이해하는 데 오랜 세월이 걸렸다.
메리 올리버, 미국 시인

내 안의 욕구 바라보기

다른 사람에 대한 비판은 충족되지 않은 자기 욕구의
비극적인 표현이다.

— 마셜 로젠버그Marshall B. Rosenburg, 미국의 심리학자·비폭력대화센터 창립자

갈등 상황은 주로 '말'에 기인하고 말은 '감정과 욕구'와 긴밀하게 이어져 있습니다. 서로 이해의 부족으로 비판과 판단의 말을 내뱉고, 잘 잘못을 따지며 기어이 누군가 말로 이겨야 속이 편하다는 분도 보았습니다. 하지만, 가만히 상황을 들여다보면 분노의 감정과 평가의 말 너머에는 충족되지 못한 '자신의 '욕구'가 숨어 있습니다. 감정과 말에 대한 책임은 상대가 아닌 자기 자신에게 있다는 뜻이기도 하지요.

우리는 많은 것을 배우며 자라왔지만, 정작 삶의 질을 결정짓는 '감정'과 '욕구'에 대해서는 제대로 배우지 못했습니다. 하지만 나 자신 그리고 타인과 잘 지내고 싶다면, 마음 깊은 곳에 자리 잡은 '욕구'를 이해해야 한답니다. 자극 상황에서 당신이 정말 원했던 것, 상대의 언행으로 좌절된 당신의 핵심 욕구가 무엇인지 깊이 들여다볼 수 있어야 합니다.

욕구는 우리를 움직이는 에너지입니다. 나의 욕구를 더 깊이 알게 된다면, 우리는 자신뿐 아니라 타인도 이해하게 되고 나아가 연민의 마음을 갖게 되지요. 상대와 다시 이어지거나 더 깊어지길 원한다면 자신에게 중요한 것을 알려주고 그에 대한 존중을 부탁해보세요.

상처가 되는 언행 뒤에 보이지 않는 서로의 욕구를 알아봐주는 어른의 태도를 갖춘다면, 우리는 감정적으로 성숙하고 자유로운 존재가 될 테니까요.

1. 가장 최근에 타인에게 불편한 감정이 들었던 순간을 떠올려봅니다. 어떤 상황이었나요? 당신은 어떤 감정을 느꼈나요?

2. 그때 당신이 그에게 가장 듣고 싶었던 말은 무엇이었나요? 정말 원했던 것은 무엇이었나요? 충족되지 않은 당신의 욕구를 곰곰이 떠올려보고 적어봅니다.

3.   비슷한 상황에서 불편한 마음이 들 때마다 어떤 노력을 하면 좋을까요?

자신을 화나게 했던 행동을 다른 이에게 행하지 말라.
소크라테스, 고대 그리스 철학자

감사로 채워진 나날이라면

지금 가까이 있는 것도 한때 당신이 갈망하고 소망했던 것이었음을 기억하라.

— 에피쿠로스, 고대 그리스 철학자

곱게 나이 드신 어느 자애로운 할머님을 뵌 적이 있습니다. 가정은 화목했고, 평온함이 느껴지는 분이었지요. 그분이 가장 많이 하신 말씀은 "그래도 감사하지" "아이고, 고마워요"였답니다. 감사함을 내면 깊숙한 곳에 새겨두지 않으면 나오기 힘든 태도였죠. 이분처럼 아름다운 시선으로 삶과 사람을 바라보는 사람들의 공통점은 비슷한 상황에서도 불평보다는 '감사와 감탄'을 많이 한다는 것입니다. 행복의 파랑새를 찾아 헤매는 것이 아니라, 지금 여기서 내 삶을 풍요롭게 만드는 행복의 비법을 연마하고 있는 사람들이지요.

"행복은 기쁨의 강도가 아니라 빈도"라는 서은국 교수의 《행복의 기원》 속 문장처럼, 감사의 기쁨도 강도가 아니라 빈도가 아닐까요. 무언가를 이루고 가졌을 때만 감사하는 것이 아니라, 존재 그 자체, 마주하는 풍경, 사물, 사람을 선물처럼 귀하게 여기는 마음이 쌓여갈 때 우리는 건강하게 살아 있음을 느끼게 되니까요.

이어령 선생님은 "감사하는 마음, 그것은 자기 아닌 다른 사람을 향하는 감정이 아니라, 자기 자신의 평화를 위하는 감정이다. 감사하는 행위. 그것은 벽에다 던지는 공처럼 언제나 자기 자신에게로 돌아온다"라는 말을 남기셨습니다.

감사는 표현하면 표현할수록 그 힘이 널리 퍼져나갑니다. 다시 일어설 기운을 얻게 되는 소울푸드처럼 깊고 진한 맛을 냅니다. 그 행복한 맛, 살아가는 맛을 일상에서 더 자주 느끼면 좋겠습니다.

1.   스스로에게 가장 감사한 점은 무엇인가요?

2.   이토록 소중한 당신에게 선물하고 싶은 것은 무엇인가요?

3.   당신의 삶에서 가장 감사한 일 세 가지는 무엇인가요? 그 일이 감사한 이유도 적어봅니다.

진정한 감사의 선물은 당신이 감사해할수록 당신이 더 생생하게 존재하게 된다는 것이다.
로버트 홀든Robert Holden, 영국 심리학자

내가 살고 싶은 삶, 내가 웃고 싶은 삶

나의 삶은 하나의 농담이자, 춤이자, 노래이다.
그리고 내 자신에 대해 생각하면서
숨이 막힐 정도로 크게 웃었다.

— 마야 안젤루Maya Angelou, 미국 시인

자신의 삶은 하나의 농담, 춤, 노래이며 자신을 생각하며 숨 막힐 정도로 크게 웃었다는 미국의 시인이자 소설가, 극작가인 마야 안젤루^Maya Angelou^(1928~2014). 그녀는 미국에서 가장 영향력 있는 흑인 여성 중 한 명입니다. 많은 책을 집필하고, 소수자의 인권 보호에 앞장선 인권운동가였지요.

이토록 낙관적인 태도로 희망을 노래하던 그녀는 사실 아픔을 간직한 사람이었습니다. 어린 시절 부모의 이혼, 인종차별과 성폭행, 16살의 나이에 미혼모가 되어 아들을 홀로 키우는 등 평탄하지 않은 길을 걸었습니다. 하지만 결코 현실 앞에 무너지거나 삶을 비하하지 않고, 글로 자신을 일으켜 세웠습니다. 상처 입은 치유자^wounded healer^가 되어 독자들에게 영감을 주고 여성의 주체성을 독려했습니다. 퓰리처상과 전미 도서상을 휩쓸기도 했지요.

삶을 승화시킨 그녀의 이야기를 들으며, 저는 "지적인 낙관주의자"라는 표현이 떠올랐습니다. 독일의 심리학자 옌스 바이드너의 책 제목이기도 한 "지적인 낙관주의자"는 기회와 한계를 알고 최상의 미래를 그리며 의연한 행동과 부드러운 태도를 가진 사람을 말합니다. 마야 안젤루가 불우한 환경에서도 개인적 의미를 뛰어넘어 인류의 영혼에 큰 기여를 한 것에는 지적인 낙관성이 작용했으리라 생각됩니다. 세상이 원하는 방식으로 움직이지 않으면 그것을 보는 방식을 바꾸었던 사람이니까요.

"인생은 숨을 쉰 횟수가 아니라, 숨 막힐 정도로 벅찬 순간을 얼마나 많이 가졌는가로 평가된다"고 말했던 그녀의 희망적인 글과 노래, 낙관적인 태도는 세상을 더 아름다운 곳으로 만들어주는 눈부신 기도입니다.

1. 힘든 상황에서도 낙관적인 태도로 삶을 회복한 사람을 알고 있나요? 그들은 누구인가요? 마음속으로 동경하는 위인이어도 좋고 가까운 지인, 책에서 읽었던 캐릭터도 괜찮습니다.

2. 그들에게 배운 삶의 지혜는 무엇인가요?

3. 마야 안젤루는 자신의 삶을 하나의 농담, 춤, 노래라고 표현했습니다. 당신은 스스로의 삶을 어떻게 묘사하고 싶나요? 자유롭게 떠올리고 적어봅니다.

당신의 삶이 잎사귀 끝에 달린 이슬처럼, 시간의 가장자리에서 가볍게 춤추게 하십시오.
라빈드라나드 타고르, 인도 시인

내 마음을 비로소 알아차리며

알아야 하고, 보아야 하고, 앞서 알아야 하며,
무엇보다도
앞서 알기 힘든 것들을 파악하고 숙고해야 한다.
이것은 헌신과 경험,
그리고 매일매일의 삶으로부터 얻어지는 바를
느끼고 알아차리는 일이다.

— 르 코르뷔지에, 《르 코르뷔지에의 사유》[18]

"전해지는 것은 사유뿐이다"라는 말을 남긴 세계적인 건축가 르 코르뷔지에는 그의 책《르 코르뷔지에의 사유》에서 자신을 "사유를 통해 형태를 만들어가는 사람"이라고 정의합니다. 그는 섬세한 알아차림과 사유를 통해 내실 있는 지적 탐구를 할 수 있었고, 건축학적 유산을 후세에 남길 수 있었다고 책에서 전합니다. 앞서 생각하고 알아가면서도 유행에 급급하지 않고, 내적 질문을 통한 '발견'을 하느라 삶이 분주했다는 르 코르뷔지에. 그의 '발견'은 곧 깨달음이자 깨어 있음이었겠지요. 편협한 사고, 아집, 냉소적 자세와 감정에서 물러나 바르게 관찰하고 알아차리는 것 말이지요.

미국의 뇌과학자 대니얼 시겔 교수는 그의 저서《알아차림》에서 알아차림의 수레바퀴를 네 구간으로 나누고, 알아차림의 대상도 오감, 신체 내부의 감각, 마음의 활동, 상호연결의 감각의 네 종류로 구분합니다. 알아차림의 수레바퀴를 서서히 돌리며 각 구간의 요소들을 하나씩 음미함으로써 깊은 차원의 안정감과 생동감을 느낄 수 있다는 것이지요.

우리가 주의 깊게 보고 느낀 것들은 우리를 한 차원 높은 세계로 초대합니다. 시류에 휩쓸리지 않고, 나에게 의미 있는 것을 균형감 있게 통합하는 역할을 하지요.

깊은 통찰과 창조성은 관찰과 알아차림에서 시작됩니다. 삶에서 알아차린 것을 놓치지 않고, 앎을 다시 삶으로 이어보세요. 당신의 삶이 분명 더 많은 질문과 발견으로 채워질 테니까요. 마치, 르 코르뷔지에가 그랬던 것처럼 말이죠.

1. 이번 한 주, 당신의 마음을 평소보다 더 주의 깊게 관찰하고 관심을 가져보세요. 새롭게 발견한 나의 모습, 주된 감정도 적어봅니다.

월	
화	
수	
목	
금	
토	
일	

방황하는 주의력을 의식적으로 가져오는 능력이야말로 판단력과 인격과 의지의 뿌리다. 이 능력이 없으면 누구도 자기 자신의 주인이 될 수 없다. 이 능력을 키우는 교육이 뛰어난 교육이다.
윌리엄 제임스, 미국 심리학자

나는 내 감정의 지휘자

성숙한 사람은 여러 가지 감정의 미묘한 차이를
마치 교향곡의 여러 음처럼 강하고 정열적인 것부터
섬세하고 예민한 느낌까지 모두 구별할 능력이 있다.

— 롤로 메이Rollo May, 미국의 실존주의 상담사

감정은 굉장히 섬세하고 다차원적입니다. 다양한 음音에 비유한다면 청아하고 맑은 음, 슬프고 낮은 음, 경쾌하고 밝은 음도 있을 테고 잔잔하고 차분한 음, 강렬하고 격정적인 음, 희열에 찬 환희의 음, 황홀한 음, 휘몰아치는 분노의 음과 같은 감정도 있을 테지요. 감정emotion은 가만히 머물러 있는 것이 아니라, 우리를 밖으로 움직이는 동력motion이 되어주기에, 감정이 보내는 신호를 감지하고 귀 기울이는 것은 중요한 삶의 지혜입니다.

무시하거나 억압해야 할 감정은 없답니다. 다만, 휘둘리지 않고 관찰하며 스스로의 힘으로 조절할 수 있어야 합니다. 저는 이것을 '감정의 지휘자'가 되는 법이라 이름 붙여봅니다. 훌륭한 지휘자는 다양한 화음을 조화롭고 안정감 있게 연출할 수 있으며, 연주자들이 적절한 소리를 낼 수 있도록 돕는 리더이기 때문이지요.

감정의 지휘는 감정을 다양하게 감각하고 몸의 변화에 집중하는 것에서부터 출발합니다. 감정에 대한 '메타인지meta+recognition(아는 것과 모르는 것을 파악하는 능력)'도 필요하지요. 내가 무엇을 느끼고 있는지, 신체 중 어느 부위가 불편해지진 않았는지 자각할 필요가 있습니다. 관찰한 감정에 적절한 이름을 붙이는 '감정의 라벨링'도 권해드립니다. 가령, 습관처럼 사용하던 "화난다"라는 표현을 "당혹스럽다" "긴장된다" "실망스럽다"와 같은 구체적인 감정으로 불러보면 진짜 감정에 더 깊게 다가갈 수 있지요. 감정의 이름엔 정답이 없습니다. 나의 감정을 알아차리는 것, 그리고 나에게 맞는 이름을 붙여주는 것만으로도 충분합니다. 평소에 다채로운 감정 표현에 대해 생각해본다거나, 공감 능력이 뛰어난 이와 적절한 감정의 표현을 연습해도 좋겠죠.

숙련된 감정의 지휘자는 명상과 같은 다양한 마음챙김 훈련을 통해 감정을 자연스럽게 다루게 됩니다. 감정을 느끼고 조절하는 것은 최고 수준의 자기조절법이기에, 어렵고 힘들지만 끊임없이 익히고 훈련해야 할 기술과도 같지요.

감정이 어떤 움직임을 보인다면 당신 안의 '감정의 지휘자'를 차분히 호명해보세요. 그리고 그를 누구보다 멋진 지휘자로 만들어보세요. 당신에게는 그런 창조의 힘이 있으니까요.

1. 아래 문장을 완성해보도록 합니다.

- 내가 가장 두려워하는 상황은 _____ 이다.

  왜냐하면, _____ .

- 부모님을 떠올리면 가장 먼저 떠오르는 감정은 _____ 이다.

  왜냐하면, _____ .

- 나를 유독 화나게 하는 말은 _____ 이다.

  왜냐하면, _____ .

- 내가 믿고 있는 나의 능력은 _____ 이다.

  나의 능력을 생각하면 _____ (−하는, −스러운) 감정이

  든다.

2. 평소 당신의 '감정 지휘자'는 어떤 모습을 하고 있나요? 감정의 지휘자가 어떤 모습이 되기를 바라는지도 적어봅니다.

현재 감정 지휘자의 모습 :

되고 싶은 감정 지휘자의 모습 :

Chapter 4 'Emotion: 마음의 주인이 되어'에서 새롭게 발견한 것 또는 영감을 받은 문장이나 이야기는 무엇이었나요? 마음에 새길 수 있도록, 이곳에 기록해보세요.

Ending Poem
새로운 시작을 위한 작별의 시

Be patient toward all that is unsolved in your heart. Live the question now. Perhaps you will then gradually, without noticing it, love along some distant day into the answer.

당신 마음속에서 아직 해결되지 않은 것은 인내를 갖고 기다려주세요. 지금은 질문 속에서 살아보세요. 자기도 모르는 사이에 미래의 어느 날, 해답 안에 살고 있는 자신을 발견할 테니까요.

라이너 마리아 릴케

Letter to myself

나에게 가장 하고 싶은 말
나에게 가장 묻고 싶은 말
지금 나에게 듣고 싶은 말은 무엇인가요?

그 마음을 담아, 나에게 편지를 써보세요.

Dear, _____

Love, _____

Epilogue
영혼의 구슬

아마존의 어느 부족은 목걸이를 만들 때 일부러 흠집 난 구슬을 한 개를 끼워 넣고, 이 구슬을 영혼의 구슬^{soul bead}이라고 부릅니다. 영혼을 지닌 어떤 존재도 완벽할 수 없다고 믿기 때문이지요. 이 이야기를 들으며, 문득 아프리카 케냐의 구슬 공장, 카주리^{Kazuri}(스와힐리어로 작고 아름답다라는 뜻)에 방문했던 기억이 떠올랐습니다.

이 공장은 미혼모의 자립을 위해 가톨릭 재단에서 만든 시설로, 한 땀 한 땀 수작업으로 만든 구슬의 울퉁불퉁함에서 순수한 손길과 마음이 느껴져 제게 아름다운 기억으로 남아 있습니다. 그곳의 미혼모들은 '모든 구슬에는 사연이 있다'는 마음으로 자신의 희망과 기쁨을 꿰고 있었습니다. 완벽하지 않기에 오히려 자연스럽고 세상에 단 하나밖에 없는 특별한 구슬을 말이지요.

우리의 삶도 이와 같지 않을까요? 한 치의 오차 없는 완벽한 것, 티끌 없이 완전무결한 것은 오래 지속되기 힘듭니다. 아름답다고 말하기엔 향기 없는 조화같이 느껴집니다. 굴곡과 빈틈은 우리의 내면을 강하게 만들고, 그 빈틈 사이로 소중한 이들의 빛과 사랑이 채워져 더 찬란합니다.

그러니 우리 마음속에 있는 다양한 모습의 구슬을 있는 그대로 바라보고 아껴주면 좋겠습니다.

일상을 살아가느라 꼭 움켜쥔 두 손에서 힘을 조금 빼고, 한결 자유로워진 손으로 다채롭게 빛나는 구슬을 꿰어가기를 바랍니다. 구슬이 잘 꿰어지지 않는 순간엔 잠시 숨을 고르며 내 안의 다정한 구원자와 대화를 나누어보기를. 그리하여 각자의 방식대로 의미 있게 삶을 빚기를 바랍니다. 우리는 모든 삶을 선택할 수는 없지만, '내가 선택한 삶'을 사랑할 수 있는 힘을 가지고 있으니까요.

어느덧 이 책을 마무리하며, 작별 인사를 건네게 되었습니다. 너무 과한 저의 내적 고백보다는 마주앉아 코칭하듯, 편지를 건네듯 조금은 담담하게 글을 쓰려 노력했습니다. 하지만, 그 과정에서 저 역시 제안의 구원자와 비판자를 만나기도 하고, 글을 쓰다 가만히 멈춰서 흐르는 눈물을 닦기도 했습니다. 마음이 단단해진다는 것은 그렇게 내 안의 취약하고 미성숙한 모습도 바라볼 용기였음을 다시 깨닫습니다.

《나와 잘 지내고 있나요?》를 읽으며 어떤 감정을 느끼셨나요? 어떤 문장과 질문, 그림이 기억에 남으셨는지도 궁금합니다. 의미 있게 닿은 단 하나의 문장, 곰곰이 음미하게 된 질문이 삶의 자양분이 되도록 잘 가꿔주세요.

나답게 산다는 것은, 나를 더 존중해주고 이해하고 배려하는 것에서 출발합니다. '자기공감'에서 시작된 마음은 타인을 공감하고 더 큰 세상을 품게 만듭니다. 이 책을 거울 삼아 당신 안에 솟아난 문장과 질문에 더 귀 기울여주세요. 그 감정과 생각을 놓치지 말고 이곳에 기록해보시길 바랍니다. 이제, 당신은 이 책을 함께 완성한 저자입니다.

《나와 잘 지내고 있나요?》를 통해 당신만의 새로운 질문여행이 시작되었기를 바라며.

다정한 마음을 담아,
최진주, 인재현, 인신영 드림

미주

1 김지수, 《자존가들》, 어떤책, 2020, p.270.

2 시어도어 젤딘 지음, 문희경 옮김, 《대화에 대하여》, 어크로스, 2019, p.45.

3 에드워드 윌슨 지음, 이한음 옮김, 《창의성의 기원》, 사이언스북스, 2020.

4 김광우, 《마르셀 뒤샹》, 미술문화, 2019, p.138.

5 하정, 《장래희망은, 귀여운 할머니》, 좋은여름, 2019, 59p.

6 김진영, 《아침의 피아노》, 한겨레출판, 2018, p.16.

7 정현종, 《광휘의 속삭임》, 문학과지성사, 2008.

8 알베르트 에스피노사 지음, 변선희 옮김, 《푸른 세계》, 연금술사, 2019, p.118.

9 하정, 위의 책.

10 알베르트 에스피노사 지음, 위의 책.

11 최고요, 《좋아하는 곳에 살고 있나요?》, 휴머니스트, 2022, p.67.

12 〈매거진 B: The Home〉, B Media Company, 아티스트 이서재 인터뷰, p.164.

13 미하이 칙센트미하이 지음, 최인수 옮김, 《몰입》, 한울림, 2004, p.26.

14 앙드레 지드 지음, 김화영 옮김, 《지상의 양식》, 민음사, p.21.

15 프랑수아즈 사강 지음, 김남주 옮김, 《슬픔이여 안녕》, arte, 2019, p.11.

16 헤르만 헤세 지음, 시라토리 하루히코 엮음, 박선형 옮김, 《헤세를 읽는 아침》, 프롬북스, 2016, p.39.

17 앙드레 지드 지음, 김화영 옮김, 《지상의 양식》, 민음사, p.35.

18 르 코르뷔지에 지음, 정진국 옮김, 《르 코르뷔지에의 사유》, 열화당, 2013, p.17.

나와 잘 지내고 있나요?

나 를 위 한 삶 의 질 문 들

1판 1쇄 발행 2023년 7월 13일
1판 2쇄 발행 2023년 9월 15일

글 최진주
그림 인재현·인신영
펴낸이 김영곤
펴낸곳 (주)북이십일 아르테

TF팀 이사 신승철
TF팀 이종배
출판마케팅영업본부장 한충희
마케팅1팀 남정한 한경화 김신우 강효원
출판영업팀 최명열 김다운 김도연
제작팀 이영민 권경민
디자인 다함미디어 | 함성주 유예지

출판등록 2000년 5월 6일 제406-2003-061호
주소 (10881) 경기도 파주시 회동길 201(문발동)
대표전화 031-955-2100 **팩스** 031-955-2151 **이메일** book21@book21.co.kr

© 최진주·인재현, 2023

ISBN 978-89-509-5255-6 03810